성덕일기

성덕일기

오세연의 필름 에세이

성공한 덕후가 되고 싶었다
성공한 덕후가 된 줄 알았다

이봄

작가의 말

영화를 만들며 쓴 일기는 죄다 밤에 쓴 것이다. 뭐 하나 마음대로 되는 게 없어서 머리를 쥐어뜯는 밤, 후회로 지새는 밤, 다짐으로 가득한 밤, 촬영을 계획하는 밤, 멍한 밤, 슬픈 밤, 그러다 아주 가끔 내가 대견한 밤. 남들이 다 일하는 대낮에는 재밌는 일이 너무 많아서 책상 앞에 앉기가 끔찍하게 싫었지만, 밤이 되면 책상 앞에 앉아 펜을 들거나, 이불 속에서 작은 휴대폰을 들여다보며 타자를 쳤다. 지나간 일에 대한 회상이나 반성으로 시작한 글은 대부분 미래에 대한 작은 희망을 발견하는 것으로 끝났다. 잘한 것 없는 하루였을지라도, 그렇게 스스로를 위로하고 나면 마음이 한결 좋아졌다. 조금 더 해볼 수 있는 힘이 생겼다.

〈성덕〉과 함께하는 일은 모든 게 처음이었다. 제작비를 벌어보겠다고 기획안을 쓰고 피칭을 한 일, 카메라와 삼각대를 이고 지고 촬영을 다닌 일, 하나의 주제를 두고 친구들을 인터뷰한 일, 법원에 간 일(…), 수백 시간 동안 편집 프로그램과 눈싸움을 한 일, 꿈에 그리던 영화제에서 초청장을 받은 일, 관객들을 만나 영화에 대해 이야기한 일, 영화감독으로 텔레비전에 나온 일, 내가 다 갈 수 없는 먼 곳까지 영화를 보낸 일, 다 갚지 못할 게 분명한 응원과 사랑을 받은 일, 그리고 한 권의 책을 세상으로 내보내는 일까지. 작가의 말을 쓰는 것도 처음이라 이렇게나 구구절절이다.

『성덕일기』는 솔직해지려고 애쓰는 이야기다. 마음을 드러내야만 서로를 안아주고 나를 위로할 수 있다는 걸 영화를 만들면서 알게 됐다. 분노와 실패의 기록이 될 뻔했던 여정은 우정과 연대 덕에 미화되었다. 덕분에 나는 낯선 처음들 속에서 좋아하는 마음의 힘을 긍정할 수 있게 되었다. 남몰래 감추고 싶었던 부분들까지 들춰보게 됐다. 그래서 이 책은 깊은 상처와 함께 많은 것을 남긴 지난 사랑에 대해, 숱한 우여곡절 끝에 완성한 첫 영화에 대해 숨김없이 털어놓으려는 시도다.

또 한 번의 처음을, 어쩌면 〈성덕〉의 마지막이 될 처음을 가능하게 해준 이봄 출판사 고미영 대표님, 교정지를 받아보는 기쁨을 알게 해준 정선재 편집자님께 감사하다. 영화를 함께 만든 스태프들, 출연진들이 보내준 응원과 용기에 고맙다. 그리고 기꺼이 나의 첫번째 팬이 되어준 가족들에게 사랑한다고 말하고 싶다.

이 글 역시 밤에 쓰기 시작해 다음날 밤이 오기 전에 마무리한다. 『성덕일기』는 낮에도 밤에도 부담 없이 읽을 수 있는, 무엇이든 조금 더 해볼 수 있는 힘이 되어주는, 그리고 언젠가는 성공한 덕후가 되고 싶다고 생각하게 하는 책이 되길 바란다.

2022년 가을
오세연

작가의 말 · 4

1부

성덕
일기

2부

우리들의
인터뷰

3부

관객과의
대화

1부

성덕
일기

성덕일기 — 세연 note
영화를 만들면서 지나간 시간과 다가올 시간을 서로
다른 형식으로 기록했다. 일기와 촬영계획서, 메모 등
한곳에 모일 거라 생각하지 못했던 글의 조각들을
다시 정리했다.

촬영계획서

일시
2019.07.16 오전 10시-
(공판 시작 시간: 오후 2시 10분, 마치는 시간은 미정)

장소
서울시 서초구 서울중앙지방법원
(교대역 역사, 교대역 3번 출구, 서울중앙지법 입구 등)

내용
성폭력 범죄의 처벌 등에 관한 특례법 위반(특수준강간) 등의 혐의로
구속기소된 정준영, 최종훈의 1차 공판기일(병합하여 재판하기로)

촬영내용
① 법원으로 향하는 전철. 전철이 달리는 동안 어둠이 깔린 지하로에
   잠깐씩 보이는 빛나는 물체들. or 창밖의 풍경
② 법원으로 가는 길을 안내하는 표지판 등
③ 휑하니 아무도 없는 서울중앙지방법원 입구
④ 시간이 지나고 기자들이 몰려와서 사람으로 가득 들어찬 풍경
⑤ (안 될 가능성 크지만) 법원 앞을 지키러 온 최종훈과 정준영의 팬들
⑥ 법원으로 들어서는 정준영과 최종훈(그들의 얼굴을 잘 찍기보다는
   그 상황을 나름대로 열심히 담기)
⑦ 그들이 나오기까지 기다리는 사람들
⑧ 공판을 마치고 나오는 정준영과 최종훈의 모습
⑨ 중간중간 공간/풍경 인서트
⑩ (일찍 가서 통제가 거의 없는 상황에 도착하게 된다면) 법원 311호 입구

연출의도(내레이션 소스)
열일곱 이후 처음으로 그를 만나러 간다......

어느 날, 오빠가
범죄자가 되었다

열일곱 이후 처음으로 그를 만나러 간다. 턱을 들고 사진 찍는 걸 좋아했던 그 사람은 이제 카메라 앞에서 고개를 들지 못한다. 그를 찍던 수많은 음악 방송과 예능 프로그램의 카메라와 대포(대형 렌즈가 달린 카메라), 찍덕 등으로 불리던 팬들의 카메라는 다 사라지고 취재용 카메라들만 그를 향한다.

카메라 앞에서 누구보다 당당했던 그의 모습은 사라지고 고개를 숙인 채 연신 죄송하다는 말만 되풀이한다. 솔직한 매력으로 대중에게 사랑받던 그는 기자들이 질서 없이 꽂아대는 질문에 무어라 명쾌하게 답하지도 못한다. 내가 사랑했던 그 사람은 여기에 없다. 아니 어디에도 없다. 한때 나의 우상이었고 청소년기 나의 가치관에 가장 많은 영향을 미친 '자유로운 영혼'은 고개를 들지도 못하고, 양 손을 마음껏 움직일 수도 없다. "공부 열심히 하고 효도해라. 나는 노래할게"라는 문구와 함께 손수 사인한 앨범을 보내주던 가수였지만 이제 무직자가 되었다. 나는 그런 모습을 한 그 사람을, 구오빠를 두 눈으로 보고 싶다는 바람 하나로 법원으로 향했다.

법원 밖에서 촬영만 하고 조용히 돌아가려고 했다. 그런데 법원 서관 쪽에서 재판 방청권을 배부한다는 표지판을 발견하고 말았다. 팬 사인회도 공개방송도 아닌데 방청권은 무슨. 오전 11시쯤 법원에 도착해서 내내 돌아다니고 담배만 피웠다. 식당 직원분들이 오늘 누가 오냐고 하길래 정준영이 온다고 그랬더니 "아, 준영이" 했다.

그 사람의 팬들은 대부분 여성이었다. 왜곡이야 있겠지만, 어쨌든 그는 여성 팬들의 화력 덕분에 그만한 위치에까지 오를 수 있었다. 그뿐만이 아니다. 각종 음악 방송과 시상식 등에서 팬들의 문자 투표 비중을 크게 잡는 데서 알 수 있듯이 연예인에게 팬덤은 결코 무시할 수 없는 것이다. 그런데 그들이 여성 혐오 범죄를 저질렀다. 심지어 무슨 계보를 잇기라도 하듯, 단톡방 사건의 재판이 시작되기도 전에 성폭행 사건, 지하철 몰카 사건들이 연달아 터졌다. 법정과 언론에서는 해당 범죄의 피해자가 몇 명이라고 숫자를 들어 이야기하지만, 이건 숫자로 따질 수 없는 문제다. 사건 이후 일상생활이 마비될 정도로 무한한 애정을 퍼부었던 팬들도 그에게 사과받아야 한다. 그는 단 한 번도 팬들께 죄송하다는 이야기를 한 적이 없다. 안타깝게도 이제는 그런 말을 듣는다 해도 '죄송한 척하고 올게'(2016년 정준영 단톡방 내용 중 일부)라는 문장만 생각날 것 같다.

두 번의
실시간 검색어 1위

그 이름이 실시간 검색어 1위에 오른 것을 보고 심장이 철렁 내려앉았더랬다. 그때 기분을 기억한다. 살면서 딱 두 번, 2016년과 2019년에 그랬다. 3년 전(2019년을 기준으로)에 나는 그가 범죄를 저질렀을 것이라고 믿지 않았음에도 불구하고 당장 해야 하는 일에 집중하지 못하고 자습실을 뛰쳐나갔다. 속상했다. 우리 오빠는 그럴 사람이 아닌데, 그는 아직 아무 말도 하지 않았는데, 세상은 왜 벌써 욕부터 하는 걸까. 아직 아무런 입장도 밝히지 않았는데 왜 벌써부터 범죄자 취급을 당해야 하는가. 억울했다. 그동안 봐온 우리 오빠는 그럴 사람이 아니었으니까.

친구들이 모두 나를 걱정하기는 했지만, 내게 공감할 수는 없었다. 콘서트나 사인회 현장에서 종종 만나 얼굴을 익힌 은빈이가 근처에 있음을 알고서야 내 속을 털어놓을 수 있겠구나, 이 슬픔에 공감해줄 사람이 있구나, 싶어 마음이 놓였다. 그렇다고 우리가 무언가를 할 수 있는 것은 아니었다. 아직 발표되지 않은 공식 입장을 마음 졸이며 기다리기만 할 뿐이었다. 하지만 길게만 느껴지는 시간을 견디며 같은 이유로 피 마르는 고통을 느끼는 사람이 나쁜만은 아니라는 사실이 위로가 되었다. 다행히 그 날의 끝은 해피엔딩이었다. 기자회견을 했고, 정준영은 스스로 무혐의라고 말했고, 그럼에도 고개 숙여 사과했다. 나는 하루 종일 울렁거렸던 마음을 보상받는 기분이었다. 그가 출연 중인 예능 프로그램에서 하차하고 멀리 프랑스로 여행을 떠났지만 괜찮았다. 다시 돌아올 것을 알았기 때문이다. 그는 여전히 내가 알고 있는 정준영이었기 때문이다.

2019년은 사정이 달랐다. 그가 나서서 무어라 말을 하지 않아도, 아니 말이 필요 없는 명백한 증거와 함께 그의 잘못이 세상에 공개되었다. 오랜 시간 나의 우상이었던 그가 단톡방에서 친구들과 나누었던 대화 내용은 입에 담기조차 민망한 지경이었다. 여성을 혐오하고 모욕하는 행위들에 분노가 일었고, 그와 함께했던 좋은 추억들이 전부 먼지가 되어버린 것 같았다. 흑역사로 변해버린 뜨거웠던 나의 추억이 너무 불쌍했다.

무제

시간이 해결해주는 일들이 있다. 그렇다고 마냥 손 놓고 있을 수는 없다. 생각해보면 제대로 쉬어본 적이 없다. 단 일주일이라도 생산적인 일을 하지 않고 보낸 적이 없다. 그렇게 해야 옳다고 생각했고 그러지 않으면 안 된다고 생각했다. 그런데 얼마 전에 친구가 그랬다. 언니가 지칠까봐 걱정이 된다고. 쌓이고 쌓여서 정말 사랑하는 일을 놓게 될까봐 무섭다고. 쉬라고 이야기했는데 사실 나는 어떻게 쉬는지도 모른다. 마음에 상처가 났는데 어떻게 회복해야 할까. 조금도 아물지 않았다는 사실을 알고 있다. 그런데 자꾸 상처를 누르고 감추고 못 본 척하면서 꾸역꾸역 일을 한다. 당연히 일에 속도가 안 붙는다. 그냥 그런가 보다, 그래도 계속 해야지 싶다. 무엇이 나를 이렇게 만들었는지 안다. 원인이 사라진다 해도 이미 생겨버린 상처는 사라지지 않는다. 얼마나 시간이 흘러야 조금이라도 괜찮아질까? 휴학은 정말로 답일까. 나는 언제까지 괴로울까. 괴로움에 끝이 없다면 중간 중간 이를 상쇄할 만한 보상이 주어질까. 그런 보상은 또 누가 만드나? 내가 만든다. 그러니까 내가 쉴 수 없는 거겠지.

굿즈 장례식

단톡방 사건 보도 이후 6개월이 지났다. 책장 한편에 가득한 굿즈들을 쓰레기라 생각하면서도 쉽게 버리거나 처분하지는 못했다. 왜 그랬을까? 우리가 모아온 것은 단순한 잡지, 앨범, 사인, 달력, 스티커 등이 아니었다. 이걸 버리는 일은 단순히 더 이상 쓸모없는 물건을 버리는 행위에 그치지 않는다. 굿즈들을 모을 때의 마음, 시간, 갖가지 애절하고 진득한 마음들이 몇 년의 세월 동안 쌓였기 때문에 한 시절을 통째로 묻어버리는 것과 같은 일이다. 어디 가서 자랑할 수도 없고, 다시 꺼내보기도 힘들지만, 그럼에도 버릴 수는 없었다. 버린다고 그 시절의 기억이 사라지는 거야 아니지만, 그럼에도 참 어려웠다. 그것들을 한데 모아 차례로 훑어보면서 우리는 다시 그 시절로 돌아간 느낌을 받는다. 이는 동시에 죄책감을 불러일으킨다. 괴상한 감정이다. 누군가를 뜨겁게 사랑했던 시절을 추억하는 것만으로 왜 죄책감을 느껴야 하나? 사랑했던 상대를 원망해야 하는 우리가, 그 시절을 그리워하는 것조차도 조심스러워해야 하는 우리가 참 안쓰럽다.

익숙한 풍경들

팬덤이 일상에 녹아들어 자연스럽게 존재함을 느낀다. 어딜 가나 볼 수 있는 연예인 생일 전광판, 광고 제품보다 더 크게 인쇄된 아이돌의 얼굴, 줄을 서서 들어간다는 연예인(또는 그들 부모님)이 운영하는 카페나 식당, 일정을 따라다니며 천체망원경만큼 커다란 카메라로 자신의 '최애'를 찍는 '홈마'★와 그들이 여는 사진전까지. 콘서트 표가 판매되는 날은 국내 최대 예매 사이트의 서버가 폭파되고, 팬들이 고척스카이돔을 가득 메워 일대의 교통이 마비되기도 한다. 스타의 이름으로 거액을 기부할 뿐만 아니라 숲이나 길을 선물하기도 하며 심지어는 하늘의 별까지 선물한다. 강남 한복판에는 특정 소속사의 아이돌과 관련된 '덕질의 메카'인 거대한 굿즈 가게가 자리 잡고 있고 매일 수많은 사람이 그곳을 드나든다. 생방송, 공개방송의 이름을 달고 있는

★ SNS가 활성화되지 않았던 때 자신이 직접 만든 홈페이지를 중심으로 활동하던 아이돌 팬들이 있었다. 이들은 '홈페이지 마스터'라는 말을 줄인 '홈마'라 불렸고, 지금은 카메라를 들고 연예인의 일정을 따라 다니면서 사진과 동영상을 찍는 팬을 말한다.

음악 방송들은 또 어떠한가. 덕질은 이미 일상이다. 누군가에게 매료되어 열성적인 '덕후'로 살아본 경험이 없다 해도 일상에서 팬덤 문화의 영향을 한 차례라도 받지 않은 이는 없을 것이다. 모두 무언가에 미쳐 있다.

선택 2020

새해에 자꾸만 의미를 두게 된다. 나쁜 일들을 다 털고 일어난 때가 마침 새해 첫날이기도 했고, 올해가 작업 중인 영화의 큰 변곡점이기 때문이다. 웃기게도 변곡점이라 생각되는데 올해 반드시 완성하고 싶다는 욕심이 든다. 욕심을 버려 세연아. 하지만 그게 너무 어렵고 잘 안 된다.

3년 넘게 쓰던 휴대전화를 바꿨고 3만 원짜리 소니 헤드셋을 쓰다가 30만 원 넘는 비츠 헤드셋을 샀다. 333……. 그렇다면 올해 3000만 원짜리 제작 지원금을 받았으면 좋겠다(나중에 진짜 받았다). 영화 찍는 데 돈이 참 많이 든다. 그걸 실감할 때마다 무력감이 들고, 돈도 없으면서 영화를 찍겠다고 나대는 자신이 철없어 보인다. 큰돈을 얻게 되고 또 그만큼 돈이 빠져나가고. 한 편의 영화를 만들기 위해 얼마나 많은 돈이 필요한지 알게 되니까 계속 돈에 집착하게 된다. 궁상맞거나 쩨쩨하게 구지는 않지만 그냥 돈이 많았으면 좋겠다. 돈 생각을 많이 한다. 그렇다고 현실밖에 모르는 속물이 된 것은 아니다. 난 아직 멀었다. 그러니까 이러고 있지.

영화는 찍어야겠는데 돈은 없으니 제작 지원에 계속 기대게 된다. 우리나라 장편 다큐멘터리 제작 지원 시스템이 꽤 잘 되어 있고 나도 어느 정도 혜택을 받았다. 그렇지만 매번 다른 방식과 절차, 요구하는 자료와 내용이 다르다 보니 작품 개발에 더 신경을 쏟아야 하는데도 기획안과 트레일러 제작에 시간을 많이 빼앗겨서 속상하다. 함께 작업하는 사람이 있을 때도 혼자 해온 일이지만 요즘엔 이상하게 답답하다. 거기서 거기인 듯한데 나 혼자 하는 디벨롭이 무슨 의미가 있나 싶고, 제작 지원에 접수할 때마다 오는 불안, 자기 의심 같은 것들이 피어올라 괴롭다. 지원 대상자 명단에 내 이름이 없으면 속이 그렇게 상한다. 내가, 이 작품이 좋은 평가를 받는 게 당연한 일이 아닌데도 그렇게 서운하다.

아무튼, 제작 지원을 받지 못하면 영화를 찍지 못하는데, 또 한편 제작 지원이 방해가 되는 것 같기도 하다. 선택이다. 가난한 채로 작품에만 집중해서 영화를 만들 것인가. 절차가 복잡하고 시간이 걸리지만 지원금을 따낼 것인가. 어찌 보면 선택의 여지가 없다. 돈도 없이 작품에 집중하는 게, 사실상 불가능이다. 장비 빌릴 돈이 없는데 집중만 하면 뭐하겠나. 촬영 알바 고용할 돈이 없는데 집중만 하면 뭐하겠나. 집중할 대상도 사라지고 말겠지. 특히 PD가 없는 나로서는 모든 행정, 회계 업무를 함께 해내야 하니 지원금을 따내기가 버거운 게 사실이다. 그렇다고 PD를 고용하기에는 마음이 맞는 사람을 찾기 힘들고 전문적으로 이 일을 하는 사람의 인건비를 감당해낼 자신이 없다. 나 하나 갈아 넣는 걸로 족하다. 그리고 하다 보니 감독보다 PD 일이 더 잘 맞는 것 같기도 하다. 힘이 들 뿐.

영화를 잘 찍고 싶다. 특히 이 영화를 잘 만들고 싶다. 욕심만큼 노력과 열정은 따라주는 것 같다. 그런데 재능과 능력이 안 따라주면 어쩌나 싶다. 그래도 계속 열심히는 하련다. 그냥 어렵다.

짝사랑 같아

여러 이유로 촬영을 좀 오래 쉬었다. 쉰다는 느낌은 없었지만 아무튼 카메라를 안 잡은 지는 꽤 됐지. 괜히 떨린다. 그래서인지 속이 안 좋고 배가 아프다. 내일 아침엔 말끔히 괜찮아졌으면 좋겠는데.

아이디어는 자꾸만 넘쳐나는데 어떻게 엮을지가 문제다. 무엇을 쳐내고 무엇을 포함해야 하나. 이래도 되나, 저러면 안 되나. 머리가 터질 거 같고 당장이라도 그만두고 도망치고 싶다. 그런데 또 촬영을 하다 보면 재밌고, 편집을 할 때도 나 혼자 킥킥거리고 있다. 트레일러 같은 짤막한 영상들을 사람들에게 보여주고 피드백을 받는 일도 즐겁다.

그만두지 못하는 짝사랑같이 영화를 가지고 혼자 지지고 볶고 뭐하는 건지. 영화 만드는 거 정말 욕 나오게 어렵다. 당장이라도 소리 지를 수 있을 것 같다. 악! 그런데 어려워서 더 하고 싶어. 계속 영화를 만들 수 있었으면 좋겠어. 그리고 지금 만들고 있는 영화를 잘 완성해서 내놓고 싶다.

쓰고 만들 자격

A라는 영화를 비판하는 누군가가 모 감독더러 겪어보지도 않은 이야기를 자신의 상상만으로 채워 넣은 기만자라고 말했다. B라는 영화는 여성의 이야기를 남성적인 시각으로 풀어낸 점이 구렸다고 또 다른 누군가가 말했다. 그들의 말에 고개를 끄덕이면서 생각했다.

A 같은 영화를 만들지 않으려면 내가 경험한 이야기를 써야 하나? 그런데 경험할 수 없는 이야기를 쓰면 어떡하지? 사람들을 만나 취재하고 책이며 영화를 뒤지면서 공부하면 다 되는 건가? 많이 노력했는데 안 되면 어떡하나. 그게 아니라 상상에 의존할 수밖에 없는 이야기라면 또 어떡하나? 그런 이야기는, 그런 영화는 만들면 안 되나? 그건 또 아닌데.

B 같은 영화를 만들지 않으려면 어떻게 해야 할까. 만약에 여자인 내가 남자가 주인공인 영화를 만들고 싶어지면 어떡하나. 그런데 주변에 곁에 두고 관찰할 수 있는 남성들과는 완전히 동떨어진 남자의 이야기를 쓰고 싶으면? 정말 어떡하나? 완전

내 상상 속의 남성에 대한 이야기를 하게 된다면?

어찌 보면 참 단순하고 별거 아닌 문제다. 결국 영화는 허구인데 안 될 게 뭐 있겠나. 다 되는 거지. 그런데 이상하게 이런 고민들을 하게 된다. 소재나 내용만이 아니라 태도가 너무 중요하니까. 그 소재를 어떻게 다루느냐가 전부처럼 느껴진다.

나라는 사람은 어떤 이야기를 할 수 있을까. 특별히 어떤 영화를 만들거나 이야기를 쓰는데 전제가 되는 조건이 있는 것은 아니지만 그냥 생각하게 된다. 누구에게도 상처 주지 않고, 누구도 틀렸다고 말하지 못하는 영화. 뭐든지 꼼꼼하게 열심히 하면 되는데 이런 고민이나 하고. 바보 오세연.

자기소개서

지난해 늦여름, 누군가 내게 말했다.

"감독님 영화는요. 너무 재밌을 것 같기는 한데, 걱정되는 부분들이 있어요. 일단 감독님은 장편을 해본 적이 없잖아요. 피칭용 트레일러를 재밌게 만드는 거랑 두 시간짜리 영화의 호흡을 만들어내는 건 좀 다르거든. 그리고 감독님 나이가 몇 살이죠?"

"스물한 살이에요. 하하⋯⋯."

"뭐? 진짜 어리네. 아직 대학도 졸업 안 했잖아요. 그쵸?"

"세 학기밖에 안 다녔어요. 하하하."

"그러니까. 장편을 끌고 가는 일 자체가 부담일 수도 있어요. 공부를 좀 더 하고 장편을 들어가든가 필모그래피를 좀 더 쌓는 쪽이 좋지 않을까? 아직 어리니까. 세연 감독님 너무 좋은 사람이고, 〈성덕〉도 너무 좋은 프로젝트라고 생각해서 이야기하는 거예요. 무슨 말인지 알죠?"

가을과 겨울이 지났지만 달라진 점은 많지 않다. 입시 과외를 몇 개 더 시작했고, 수십 편의 영화를 보며 감탄하거나 욕하고 (감독의 재능을) 질투했다. 중국어 공부를 시작했고(시작한 지 이틀만에 때려치움), 작업실을 구했고, 혼자서도 당황하는 일 없이 촬영을 다닌다. 탄수화물을 제한하는 키토제닉 다이어트를 하다가 실패했다.

여전히 장편은 처음이고 그럴듯한 필모그래피도 없다. 한 살 더 먹었지만 스물둘이었고 영화를 홀로 끌고 가기란 버거운 일이다. 하지만 영화를 만드는 일은 '경력직 우대'가 아니니까 기죽지 않으려고 한다. 만들고 있는 영화가 미래의 나에게 소중한 전작이 되어주리라 믿으려 한다. 20대 초반의 오세연만이 할 수 있는 이야기는 반드시 지금 하려고 한다. 영화를 꾸려 나가는 일은 누구에게나 어렵겠지만, 그렇기 때문에 재미있어서 포기하지 않으려고 한다.

누구는 '세상 무서운 줄 모르고 해맑은 나'를 안쓰러워하고, 누구는 '머리에 피도 안 마른 나'를 대놓고 무시한다. 누구는 '열심히 하는 나'를 응원하거나 걱정하고, '똑똑해서 무조건 성공할 나'를 치켜세운다. 그리고 그들이 입을 모아 말하는 나는 영화를 진심으로 사랑한다. 영화를 만드는 일을, 영화를 공부하는 삶을 아주 많이 좋아한다.

치열하게 고민하고, 카메라를 들고, 컷을 이어 붙여 보는 모든 과정이 귀중하고 아까워서 끝나지 않았으면 좋겠다. 내가 할

수 있는 일은 결과물로 증명하는 것뿐이라고 이를 갈던 시절이
아득할 만큼 이 시간을 즐기고 있다. 진심이 초라해지지 않게,
영화의 자랑스러운 팬으로 남을 수 있게 최선을 다하고 있다.
〈성덕〉이 내가 영화의 '성덕'이 되는 첫번째 발걸음이길.

무제2

아무렇지 않게 덕질하는 사람 보면 무섭다. 분명 피해자들이 있는데 성범죄자인데도 어떻게 계속 연민하고 보고 싶다며 덕질을 할 수가 있는지. 왜 가해자를 더 안쓰러워하고 계속 생각하는지. 할 거면 일기장에 혼자 하지. 공개게시판에 올라오는 글들 보면서 아직도 미련 못 버린 사람들은 서로 괜찮다며 두 손으로 하늘 가리고 덕질하는 거겠지. 난 이제 사진도 못 본다. 노래도 차마 못 듣는다.

감정 소모

영화를 만들면 만들수록 감정 소모가 너무 심해진다.

마음들을 다루는 영화인 만큼 당연할 수도 있는데 이 영화와 나라는 사람을 떼어놓을 수가 없어서 더 그렇다. 그리고 덕질이라는 키워드에 예민하게 반응하며 재판에 관한 소식이 들려올 때마다 빠르게 정보를 공수하면서도, 끝이 안 보이는 이 상황에서 언제까지 귀 기울이고 촉각을 곤두세울 수 있을지 모르겠다. 비겁하게 도망치고 싶다거나 그런 게 아니라 지금 만드는 영화와 내 생활이 분리가 안 된다. 그럼에도 여전히 누군가를 덕질하고 있기 때문에 이상한 자괴감이 들고 나 자신을 이해하기 어렵다. 자꾸만 감정적으로 영화를 대하게 된다. 어렵다.

죄 없는 죄책감

2019년 5월에 처음 기획서를 쓰기 시작했으니 〈성덕〉이라는 영화를 만들기 시작한 지도 1년이 다 되어간다. 많은 일들이 있었고, 스무 번 가까이 촬영을 진행했는데 여전히 찍어야 할 게 많고 해결되지 않은 고민들도 많다.

N번방 사건이 수면 위로 올라왔고 정준영은 성매매 혐의에 벌금 100만 원이라는 약식명령을 받았다. 100만 원. 요즘 내가 과외를 해서 한 달에 250만 원을 번다. 100만 원은 자신의 잘못을 인지할 수 있을 만큼의 금액일까? 아니다. 아닌 것 같다. 참 답답하다. 현재 재판이 진행 중이니 기다려볼 테지만 1심에서 6년을 받았는데 이보다 늘어날 가능성도 있을까. 없을 것 같다. 은빈이가 덕질한 기간이 7년이라고 했다. 나는 5년 정도 된다. 정준영은 6년, 아니 그보다 더 적은 시간만 살다 나오면 된다. 우습다.

영화를 만들면서 누구에게도 상처를 주고 싶지 않다고 생각했다. 누구도 괴롭히지 않겠다고, 누구도 조롱하지 않겠다고 생각했다. 상대가 범죄자라 할지라도. 내가 매일 신문 기사를 보면서 개새끼들, 씨발놈들, 욕을 해도 영화는 그렇게 해서는 안 된다고 생각했다. 내가 그런 소리를 하고 싶어서 만드는 영화가 아니기 때문이다. 그런데 요즘은 그런 생각이 옳은지 잘 모르겠다. 용감한 사람들이 신변의 위협도 무릅쓰고 자신을 위해서, 여성들을 위해서, 더 나은 세상을 위해서 소리치고 있는데 내가 만드는 이 영화가 후진적인 것은 아닐까? 기어를 중립에 두면 차가 뒤로 간다는데, 내가 기어를 중립에 두고 운전하고 있는 것은 아닐까. 두렵다.

대중에게 이미지를 팔아먹고 사는 스타들이 하나둘씩, 아니 열스물씩 신문 사회면에 기어 나온다. 범죄를 저질렀단다. 성범죄도 저질렀단다. 단톡방도 파고 성폭행도 하고 성매매도 하고 성추행도 하고 온갖 짓을 다 했단다. 솔직히 너무 괴롭다. 포토라인에 서지 않았다면 내가 평생 볼 일도 없었을 '박사'를 대하는 것과 청소년기의 절반을 함께했던 정준영을 대하는 것이 같을 수는 없다. 그래서 괴롭다. 음, 저 사람에게 서사를 부여하는 게 아니라, 이미 구축된 서사를 가지고 있다는 사실이 팬들에겐 가장 아프다. 그동안 만들어진 이미지에 민낯이 감춰져 있었을 뿐이라 해도 당장 받아들이기란 쉬운 일이 아니다. 나는 그게 아프다. 내가 너를 좋아했던 이유들이 가짜였다고 믿고 싶지는 않은데, 이미 너의 모든 것이 부정당하는 상황에서 무엇을 믿고 무엇을 거를지 판단이 안 되니까, 참. 어렵고 아프다.

　너무나 많이 사랑한 죄뿐인데 내가 왜 죄책감을 느껴야 하
는지 모르겠다. 스타들의 경우 목격담이 끊이지 않는다. 일반인
의 SNS에 오빠의 얼굴이 올라오는 순간 바로 팬들끼리 공유하
는 커뮤니티나 SNS에 올라오게 마련이다. 단체사진 속 작은 얼
굴 하나조차도 같이 보고 싶으니까. 아무리 일반인이라고 해도
계속 보다 보면 낯이 익다. 오빠의 친구들이구나. 그렇구나. 그
런데 내가 그들 얼굴을 법정에서 다 같이 볼 수 있을 거라고는
상상도 못 했다. 우습기도 하고 마음이 찢어질 것 같은데, 그 사
람과 함께 법정에 선 다섯 명 중에 대중에게 알려진 스타는 한
명뿐인데도 나는 그들이 누구인지 이미 알고 있었기 때문이다.
단 하나의 이름도 낯설지 않았다. 문득 그런 생각이 들었다. 나
는 몰랐을까? 그들끼리 어울려 다니고 별로 유쾌하지 않은 소문
들이 들려올 때 그저 아니라고 부정하면 끝이었다. 나는 알고 싶
지 않았던 걸까, 알려고 하지 않았던 걸까, 아니면 알고 있는데
도 모르는 척했던 걸까. 그럼 나는 방관자인가. 혹시 나도 가해
자인가. 좋아했던 나는 뭐가 되는가. 죄 없이 죄책감에 괴로워한
다 생각했는데, 죄가 없지 않을 수도 있겠구나. 아무것도 모르고
좋아한 내가 피해자라고 생각했는데 어쩌면 나는 방관자였을지
도 모르겠다. 괴롭다. 나 자신이 너무 밉다.

그때의 마음은
변하지 않는다

그가 내가 지금 만드는 영화에 상영금지 가처분 신청을 하는 상상을 해봤다. 영화 제작하는 입장에선 비상사태겠지만, 과몰입했더니 좀 슬퍼졌다. 엄마한테 효도하고 공부 열심히 하라고, 서울에 있는 대학 가서 자기 보러 더 자주 오라고 말했던 오빠가 나를 상대로 그렇게 할까. 정말 그렇게 할 수 있을까. 나는 오빠의 팬이었는데. 나는 오빠가 너무 좋아서 뭐든지 할 수 있었는데. 내가 이만큼 했으니 너도 이만큼 해야 한다가 아니라 그냥…… 그냥 너무해.

내 모든 처음은 너였다. 콘서트에 가겠다고 미친 듯이 공부를 했다. 하루에 네 시간씩 팬 카페를 들여다보고 있는 나는 공부에 집중하기가 그렇게 어렵더라. 그래도 했다. 보고 싶으니까. 네가 너무 보고 싶으니까 그냥 그렇게 했다. 열다섯 살 먹은 세연이는 팬 미팅에 가보려고 처음으로 KTX를 탔다. 그리고 스물두 살 먹은 세연이는 서울에 있는 대학에 다니고 서울에서 이런 저런 일들을 해서 KTX를 타고 서울과 부산을 자주 오간다.

처음을 잊을 수 있을까. 그럴 수 없을 것 같다. 수십 번 수백 번씩 기차를 타고 서울과 부산을 오가도 창밖의 풍경을 보고 있으면 그때가 자꾸만 생각난다. 그때의 설렘, 그때의 긴장감. 이건 시간이 지나면 잊히는 무엇이 아니다. 나는 창밖의 풍경을 보면서 무엇이 달라졌고 무엇이 그대로인지 전부 기억하지 못하지만, 그때의 마음은 기억한다. 오빠가 감옥에 갔어도 내가 기억하는 그때의 마음은 변하지 않는다.

사람들이 나에게 아저씨 같은 노래만 듣고 부른다고 말한다. 신성우의 〈서시〉, 조장혁의 〈중독된 사랑〉, 김광석의 〈먼지가 되어〉, 브리즈의 〈뭐라 할까〉, YB의 〈박하사탕〉. 전부 다 너 때문에 알게 된 노래들이다. 네가 오디션 프로그램이랑 라디오에서 들려준 커버 곡들. 그게 내가 듣고 따라 부르는 노래의 전부였다. 나는 너를 너무 좋아해서 너를 따라 했던 것 같다. 늘어진 반팔 티에 낡은 쪼리만 신고 다니는 네가 좋았고 팔뚝에 타투를 하고 있는 네가 좋았고 옛날 노래를 좋아하는 네가 좋았다. 그래서 나는, 너를 너무 좋아했던 나는 네가 되고 싶었다. 내가 사용하는 네 자릿수 비밀번호는 전부 0221이다. 네 생일. 8년쯤 전부터 이미 익숙해져버린 숫자. 이제 더 이상 어떤 의미도 부여하지 않지만, 그 숫자는 영원히 나의 곁을 지킬 것 같다는 생각이 든다. 매일 0221이라는 숫자를 두드려 휴대전화의 잠금을 해제할 때, 이 숫자의 의미를 생각하지 않다가도 어느 날은 이걸 바꿔야지, 바꿔버려야지 생각한다. 쉬운 일은 아니다. 그게 잘 안 된다.

나는 네가 너무 밉다. 밉다. 제발 잘못한 만큼 벌 받았으면 좋겠다.

영화 이야기

신기하다. 나도 모르는 사람들이 내 얘기를 많이 한단다. A 언니 왈, K 선생님이랑 L 감독님이 〈성덕〉이란 작품을 논하면서 태극기 집회로 가야 하느냐 말아야 하느냐, 이 작품은 어디까지 가야 하느냐고 논쟁했단다. K 선생님은 사람의 마음, 놓지 못하는 마음들을 설명하기 위해서 맨 먼저 생각나는 건 박근혜이기 때문에 거기까지 가야 한다고 하셨고 L 감독님은 감독이 이미 정준영을 버렸는데 거기까지 갈 필요가 있냐고, 팬들의 목소리에 집중해야 한다고 하셨단다.

아주 오래 전부터 반반이다. 솔직히 이제 진절머리가 나면서도 한편으론 너무 감사하다. 내 작품에 이렇게나 많은 관심을 가져준다는 게. 고맙다. 대중성을 인식하고 내 작품에 힘을 실어주는 사람도 많다는 사실을 알고 있다. 나는 할 수 있을까.

무제3

덕질을 하면서 단 한 순간도 행복하지 않았던 적이 없다고 했다. 이게 너무 마음 아팠다. 덕질을 하고 있다면 모두 다 성덕일까? 행복이라는 목적은 이룬 거니까. 힘들고 고달픈 덕질은 정말 없는 걸까? 아니면 미화되는 걸까? 뭘까.

무제4

피곤해서 일찍 누웠다가 보고 싶은 영상이 있어서 유튜브에 들어갔다. 문득, 정말 문득, 그 사람이 노래하는 모습을 보고 싶어서, 그중에서도 〈슈퍼스타K 4〉 시절이 너무 보고 싶어서 영상을 몇 개 찾아봤다. 〈아웃사이더〉 무대를 보면서 생각했다. 맞다. 이래서 좋아했지. 이런 사람이라서 내가 좋아했구나. 그랬다. 오디션 프로그램에 나와서 이렇게나 간지 나고 자유롭고 매력적인 모습을 보여줄 수 있는 사람이 몇이나 될까. 영상을 보다 보니 내가 오빠를 정말 많이 좋아했다는 사실이 새삼 느껴졌다. 몇 년이 지난 노랜데 하나하나 따라 부르고, 본방송으로 챙겨보던 그 시절의 공기까지 생생했다. 마음이 너무 안 좋다. 오빠는 잘생겼고 노래도 잘했다. 댓글 창을 보고 있으려니 마음이 더 안 좋다. 이건 내가 그 사람을 좋아하거나 옹호해서 하는 말이 아니다. 그냥, 어쨌든 내가 한때 사랑한 사람이니까.

왜 그랬어요, 오빠. 정말 왜 그랬어요. 왜 오빠는 내가 알던 모습을 하고 있지 않은 건지. 오빠는 왜 지금 구치소에 가 있는지. 내가 서울에 있는 대학에 왔다고, 영화를 공부하고 있다고 말해주지도 못했는데. 왜 그러고 있어요. 오빠 진짜 왜 그랬어요.

일기장을 못 뒤지고 놔둔 이유. 과거 영상들 중에서도 내가 나온(내가 우습다고 생각하면서) 것들만 골라 찾아본 이유. 이제 알았다. 나는 아직 내가 좋아했던, 사랑했던 그 오빠가 사회면을 수놓는 범죄자가 되어버렸다는 사실을 받아들일 준비가 안 된 것 같다.

I 선생님

　출근하는 길에 I 선생님을 만났다. 운 좋은 날! 선생님께 요즘의 고민들(과도한 감정 이입, 조악한 촬영, 조연출이나 촬영 보조의 부재, 잘 듣고 잘 정리하는 능력, 구성의 어려움 등)에 대해 이야기했고 선생님은 잘 들어주셨다. 원론적인 이야기밖에 할 수 없어서 미안하다는 선생님. 하지만 존재만으로도 큰 도움이 되었다. 다큐멘터리는 나라는 사람의 인격, 인품과 떼어놓을 수 없는 영역이다. 내가 얼마나 잘 듣는 사람인지, 얼마나 잘 말하는 사람이고 어떤 생각을 하는지, 어떻게 사람들의 이야기를 정리하는지 하나하나가 다 중요하다. 그렇기 때문에 생각을 잘 해나가야 한다. 선생님은 빅데이터처럼 분류를 하라는 게 아니라, 사람이 사람과 만나서 이야기를 주고받는 만큼 사람들의 부류를 나누고 정리하라고 하셨다. 사람들과 감정을 교류하는 가운데 취할 것은 취하고 버릴 것은 버리면서 선택과 집중을 해야 한다는 이야기다. 감정만 있는 영화는 영화가 될 수 없다. 그 지점을 나도 계속 고민해봐야겠다.

촬영을 섬세하게 하는 것도 중요하지만, 어떤 구조를 설정하고 어떤 결말로 향하고, 이 과정에서 어떤 생각과 말들이 오가는지가 중요한 영화이다. 그러니까 구성을 나중에 고민할 수는 없다. 지금부터 계속해서 구성을 고민해야 한다. 그런데 어렵다. 정말 어렵다. 이랬다 저랬다 이 이야기로 넘어갈까, 저 이야기로 넘어갈까 한다. 선생님은 화자가 될지, 청자가 될지, 이 두 가지 역할을 동시에 수행할지 결정하는 것이 중요하다고 하셨다. 너무 맞는 말씀이라 심장까지 와닿았다. 그런 역할들을 수행하는 것이 나의 역량이리라. 특히나 잘 듣는 능력에 대한 말씀. 얼마나 잘 듣느냐. 선생님은 잘 듣는 영화가 아직까지도 우리 곁에 남아 있는 거라고 했다. 사람과 사람이 함께하는 것이 영화인데, 그걸 못하는 사람들이 혼자 영화를 만들겠답시고 실험영화니 뭐니 하는 거라고.

선생님은 내게 "당연한 고민이니까 너무 힘들게 생각하지 마!"라고 외치곤 사라지셨다. 시간이 없어 곱슬머리가 다 자라도록 머리가 긴 선생님은 영화제 예심에 특별전 해설에 영화잡지 고정 필진으로 활동하는 데다 영화 비평지 원고까지 작성해야 해서 7월 중순까지는 바쁘다고 하셨다. 흑흑. 선생님 바쁜 거 끝나면 놀자고 졸라야지.

영화 고민

오랜만에 서울 촬영. 나름대로 다 준비한 것 같았는데 이상하게 미흡한 듯했다. 일단 항상 쓰던 NX80 캠코더뿐만 아니라 A7S2 미러리스 카메라를 같이 돌리다 보니 둘의 차이를 충분히 고민하지 못한 것 같다. 미러리스는 PP8을 끼워서 찍었는데 생각보다 훨씬 더 연하고 밝게 나와서 약간 충격. 인터뷰가 잘 붙었으면 좋겠다 싶어서 투 캠 돌리고 나혜 언니한테 촬영 알바까지 부탁했는데.

사실 잘 모르겠다. 아쉽다. 조금. 사운드도 와이어리스 마이크 두 대를 그냥 뺄 걸 그랬다 싶어서 많이 아쉽고. 형광등 아래서 촬영하는 거 진짜 별로다. 특히 NX80으로 봤을 때 줄무늬가 계속 생겨서 더 그렇다. 명화 언니는 그들을 나와 동일시하지 않고 분리할 줄 아는 것이 행복한 덕질의 첫걸음이라고 말했다. 너무나 지당한 말인데, 그게 잘 안 돼서 다들 힘들어한다. 이유가 뭘까. 궁금하다. 범죄자에게 서사를 부여하지 말라는 누군가의 말이 이미 범죄자의 팬이었던 이들에겐 통하지 않는다,

또 우리에겐 이미 긴 시간 함께 쌓아온 서사가 존재한다는 이야기를 했다. 어떻게 하면 좀 더 다듬어서 이 의견을 말할 수 있을지 모르겠다.(명화 언니는 이 말을 듣고 논문감이라고 했다.) 만들어서 증명하는 것과 확장성의 문제에 대해 고민했다. 말로 설명하지 않고 만든 것을 보여주기. 이건 더 어려운 차원의 일이다 싶지만 더 자연스러운 방식이라는 생각이 든다. 여성과 청소년, 아이돌 팬에 국한된 현상이 아닌, 우리 사회에서 우상화라는 게 도대체 뭔지. 그래. 나는 (기형적인) 우상화에 대해, 팬덤 현상에 대해 이야기하고 싶은 거다. 그 사람으로 인해 시작된 고민이 그저 분노로 그치지 않았으면 좋겠다. 분노가 끝이면 재미없다. 지루하다. 나도 싫다. 나는 다른 영화를 만들 거다. 정말로.

안정된 제작 환경을 조성하기 위해 어떻게 하면 좋을지 고민이 된다. 스태프와 어떤 부분에서 소통이 필요한지, 새 조연출은 과연 누구에게 맡길지 여러 가지가 미지수다. 서울에 있는 것이 나을지 부산에 있는 것이 나을지도 잘 모르겠다. 아무튼 내가 할 수 있는 이야기에 충실해야 한다. 나를 포장하거나 정돈하지 않으면서 혼란스러운 여정과 보고 들은 것들을 잘 담아내고 싶다. 나 자신을 조금 떨어져서 지켜볼 수 있어야 한다. 그래. 정신 똑바로 차리고 잘 하자. 〈성덕〉이 좋은 영화가 되면 좋겠다.

잊지 말아야 할 것

우상화와 팬덤 현상에 대한 이야기.

우상을 촬영하는 일은 최소화.

상징을 찍자.

상징조차도 우러러볼 수 있는? 각도로!

목포

목포는 너무 더웠다. 꽤 힘든 촬영이었다. 지금까지 인터뷰이를 만나러 가는 여정을 이어왔는데 이번엔 내내 정준영을 생각해야 했다.

대한민국 전도의 남쪽 어딘가에 새겨진 활자가 아니라 아름다운 바다를 가진 도시로서 목포를 처음 알게 된 때를 기억한다. 2014년 2월 23일 〈1박2일 시즌3〉 479화 개미투어. 그러니까 그 사람이 출연한 예능 프로그램에서였다.

가본 적도 없는 도시인데 여행한 적이 있는 것처럼 기억은 자꾸만 조작된다. 목포역에서 시민들과 스피드 퀴즈를 해내고 낙지호롱을 먹겠다고 제작진과 두뇌싸움을 하고 멤버들과는 몸싸움을 하던 그의 모습을 가까이에서 본 것만 같다. 정준영, 정준영, 정준영. 그놈의 정준영. 정준영과 관련 없는 기억은 없을까. 왜 나의 모든 출발점엔 그 친구가 있을까. 미치겠다.

그가 연예계에서 퇴출당하듯이 은퇴하고 두번째 여름이 왔다. 예전처럼 하루 종일 그를 생각하진 않지만, 아주 사소한 무엇에 심장이 반응하는 것은 여전하다. 원치 않는 기억에 접속. 목포로 향하는 길에는 수년 전 예능 프로그램에서 본 그의 모습도 섞여 있을 것이다. 까마귀처럼 깍깍대며 웃는 소리와 팔랑거리는 마른 몸이 불쑥불쑥 나타날 것이다. 목포에 얽힌 새로운 추억이 생기면, 다시 목포를 방문할 때는 그 친구를 떠올리지 않을 수 있을까? 과거의 기억에 얽매이지 않을 수 있을까?

목포에서 만난 쥬쥬 언니에겐 큰 변화가 생겼다. 새로운 덕질을 시작한 것이다. 지난 덕질로 얻은 상처는 새로운 덕질로 치유해야 하는 걸까? 그렇다면 덕질은 영원히 그만둘 수 없는 걸까?

상처는 상처로 남는 것.
다른 것으로 치유할 순 없는 것.
기억은 시간순으로 삭제되는 게 아니라,
끝도 없이 쌓이는 것.

여름밤의 생각

음. 지난해를 생각해보면, 나는 참 불같은 사람이었다. 당장 영화를 찍어야 한다는 생각에 어떤 준비 과정도 없이 몸과 마음을 이끌고 어딘가로 갔다. 잘못이라고 생각하지는 않는다. 하지만 나는 내가 얼마나 큰 상처를 받았는지 간과한 것 같다. 당장의 분노에 움직였고, 분노를 함께 나눌 친구들이 있기에 대화했다. 자꾸만 어딘가로 떠났고, 떠난 곳에서 사람들을 만나고 풍경들을 바라봤다. 당장의 화를 삭일 수는 있었지만, 슬퍼졌다.

슬프다. 슬프다. 내가 아주 오랫동안, 아주 많이 사랑했던 사람을 증오해야 한다는 사실이 너무 가슴 아프다. 너무 너무 아프다. 나는 내가 괜찮은 줄 알았다. 그런데 영화를 찍으면 찍을 수록 내가 영원히 그 사람과 작별할 수 없음을 깨닫게 된다. 마음이 안 좋을 때 찾는 노래도 다 그 친구가 들려준 것이고, 어떤 장소를 가도 그 친구와 연결된 기억만이 떠올랐다. 내 삶에 큰 영향을 미친 사람이라는 사실은 알고 있었지만, 생각한 것보다 훨씬 큰 부분을 차지하고 있었던 것 같다. 진짜, 정말로, 내 안에 이미 그 사람이 살고 있는 것만 같다.

음. 나는 오세연이지만, 나는 언제나 나일 테지만, 어쨌든 지금의 나는 과거에 만난 사람들과 보고 들은 것들과 좋아하고 싫어했던 것들이 쌓여 만들어졌다. 분명 바뀌는 것도 있다. 이제 더는 그 사람을 좋아하지 않는다. 그 사람의 인생을 응원하지 않는다. 그 사람의 노래를 습관처럼 듣지 않는다. 그 사람을 걱정하지 않는다. 그 사람이 보고 싶어서 편지를 쓰지 않는다. 그 사람이 나를 알아주길 바라지 않는다. 그렇지만 남아 있다. 그랬던 마음들이. 이건 지워지지 않고 버려지지도 않고 그냥, 그냥 그대로 남아 있다.

영화를 만드는 일이 어렵고 괴롭다. 물론 재미있을 때도 있다. 하지만, 괴롭다. 나는 나의 괴로움을 전시하고 싶은 걸까? 긴긴 이별의 시간이 끝나지 않을 것만 같다. 호기롭게 시작한 영화는 점점 나의 감정에 전복되는 것만 같다. 하하. 이 영화를 완성하기 위해선 그 사람을 생각해도 아무렇지도 않아야 하는 걸까. 시간이 지날수록 더더더 생각나고 아파오는데 그게 가능할까. 그렇다면 이 영화는 완성할 수 없는 걸까. 그게 아니면. 그냥. 나는. 내 안에 있는 그 사람의 조각들을 품은 채로 살아가야 하는 걸까. 아. 어렵다. 씨발. 유튜브에서도 찾아보기 힘든 영상들을 보면서 옛 추억들을 자꾸만 떠올리는 것도 사람 할 짓이 못 된다. 이제는 진짜 그만해야겠다.

엄마의 오빠

텔레비전을 즐겨 보던 어린 시절에는 누가 새 드라마에 출연하거나 새로운 앨범을 들고 나오기만 해도 그 사람에게 빠지곤 했다. 그때마다 꼭 엄마한테 자랑했고, 선심 쓰듯 엄마에게도 좋아하는 연예인이 있느냐고 물었다. 엄마의 대답은 늘 같았다. 좋아하는 가수는 이문세. 좋아하는 배우는 조민기.

매일같이 틀어둔 텔레비전 음악 방송에 출연하는 이문세를 보기는 어려웠지만, 드라마를 통해 왕성한 연기 활동을 펼치는 조민기는 익숙하게 볼 수 있었다. 엄마는 가끔 장난삼아 "민기 오빠 나오는 드라마 봐야겠다" 하고 이야기했다. 그러면 나는 엄마가 누구를 '오빠'라고 부르는 것이 낯설고 우스워서 깔깔대곤 했다.

2018년 2월, 조민기가 교수로 재직 중이던 청주대학교 연극영화학과 학생들을 성추행했다는 의혹을 받았다. 이를 시작으로 수많은 피해자들의 증언이 이어지며 조민기는 강경하게 대처하겠다는 최초의 반응을 뒤집고 잘못을 인정한다는 내용의 사과문을 발표했다. 이후 용기를 내 발언한 피해자들을 응원하고 지지하는 목소리가 커졌다. 그러나 조민기는 검찰 조사를 사흘 앞둔 3월 9일, 스스로 목숨을 끊었다.

이로써 사건은 가해자의 사망에 따른 '공소권 없음'으로 수사가 종결되었다. 조사가 시작되기도 전에 죽음을 택한 것은 잘못을 뉘우치는 행동이 아니다. 그의 죽음은 오히려 최종 형태의 가해이자 피해자와 주변 사람들에게는 평생을 떠안고 가야 할 상처 자체이다. 고인이 죽기 전에 사실과 다른 소문과 억측이 무분별하게 퍼져나가 힘들어했다는 말도 있다. 어쩌면 그마저도 그가 저지른 잘못에 대한 업보일 것이다. 하지만 그가 고통받는다 해서 피해자의 고통이 사라지는 것은 아니다. 자신의 지위를 이용하여 그 세계의 왕으로 군림하던 이가 다른 사람에게 주었던 고통은 이제 무엇으로도 상쇄되지 않는다. 그가 세상에 없기 때문에.

나는 조민기를 잘 알지 못한다. 연기하는 모습만 봐왔기 때문이다. 성추행 사건으로 인해 조민기에게 처음이자 마지막으로 관심을 가지게 되었다. 물론 좋은 의미의 관심은 아니지만. 대학에 막 입학한 스무 살에 마주한 비겁한 죽음에 분노해서 그에게도 팬이 있을 거라는 생각은 해본 적 없었다. 그런데 엄마가 있었다. 엄마는 조민기가 운영하는 홈페이지 '민기마을'의 주민이었다. 그러니까 지금으로 따지자면 팬 카페 회원이었던 것이다.

좋아하는, 좋아했던 사람과 함께 멋지게 나이 드는 것이 아니라 그에게 실망하고 미워해야 한다는 사실은 참 서글프다. 심지어는 미워할 수도 없게 이 세상을 떠나버렸으니 허무하지 않을 수가 없다.

사람 보는 눈은 유전되는 걸까? 엄마는 조민기. 나는 정준영. 신기하게도 조민기 죽음 이후 꼭 1년이 지난 2019년 3월, 정준영이 성추행, 불법 촬영 및 동영상 유포, 준강간 등으로 검찰에 구속 기소되었다. 덕질에 미쳐 있던 딸을 둔 엄마는 어떤 마음이 들었을까?

중심 잡기

영화를 시작할 때는 오직 분노로 가득했는데, 사람들을 만나고 시간이 흐르면서 심층적이고 복합적인 감정이 자꾸만 생겨난다. 처음에는 그저 재미있고 화나고 같이 욕하면서 서로를 위로했더랬다. 그런데 시간이 지날수록 더 생각나고, 더 마음 아프고, 상실감을 느끼고, 동시에 죄책감을 느낀다. 이 감정의 복잡한 층위가 보여야 한다. 한 사람을 사랑했던 사람이 말할 수 있는 최대치는 "나가 뒈져라"가 될 수 없다. 절대로. 그렇지만 이게 2차 가해처럼 보이지 않으려면, 그 사람에 대한 연민이 되어서는 안 되고, 그 사람을 좋아했던 사람들에 대한 마음들이 되어야 한다. 이건 아주 조심하고 경계해야 하는 부분이다.

나는 그 사람을 사랑하지 않고, 지금 감옥에 들어가 있는 처지가 불쌍하지도 않다. 다만, 죽었으면 좋겠다고 생각하지는 않는다. 그러니까 아주 복잡한 마음, 극단적이지 않은 마음이다. 나의 변화와 사람들을 만나는 여정이 자연스레 연결되는 것도 좋지만, 함께 나란히 나아가는 것도 좋은 듯하다. 같은 길이의 타임라인 두 개를 두고, 두 개의 타임라인에 같은 발자국이 찍히되 다른 이야기를 하게 되는 것이다. 왜냐하면 나는 사람들을 만나고 이야기를 들음으로써 내 안의 소리를 듣고 나 자신을 이해하게 되니까. 하지만 관객은 나라는 사람보다는 그런 사람들을 이해할 수 있어야 한다.

그런데 내가 지금 이 사람들을 이해해달라고 호소하는 영화를 만드는 게 아니라는 점을 명심해야 한다. I 선생님이 말씀하신대로 덕질, 덕후의 마음, 이 미묘한 부분을 잡아내 보여주는 것이 중요하다. 사람들이 품은 편견 속에 있는 빠순이, 덕후, 뭐 이런 것이 아니라 내가 본 모습들, 이상한 마음들, 사랑이라 하기에도 애매하고 그냥 응원이라고 하기엔 집착에 가깝고 그렇다고 믿음이라고 하기에 종교와는 또 다른 무엇. 이 이상한 마음. 기괴한 마음. 지금 이상하다고 말했지만, 그렇다고 그들을 욕보이는 것은 또 아닌, 이토록 이상한 마음의 실체를 보여주기. 정말로 왜 그러냐고 물어보기. 왜 그렇게까지 하냐고. 이 질문은 어쩌면 나에게도 돌아오는 것이다. 나는 왜 그랬을까. 왜 그렇게까지 했을까.

덕질을 계속할 수 있을까? 라는 질문.
어쩌면 그런 질문과 대칭의 위치에서 '덕질을 그만둘 수 있을까?'라는 질문을 하게 되는 것.

민경이

"쭌내야."

민경이는 멀쩡한 이름을 놔두고 나를 '쭌내'라고 불렀다. 왜 냐하면, 팬 카페 '작은가슴'에서 활동하던 당시 내 닉네임이 '쭌 영만이내세상'이었기 때문이다. 〈슈퍼스타K 4〉 3차 경연에서 들 국화의 〈그것만이 내 세상〉을 열창하던 OPPA의 모습에 깊은 감명을 받아 그렇게 이름을 지은 것 같다. 솔직히 이제는 수치스럽다. 그런데도 민경이는 아직도 나를 정겨운 경상도 사투리로 '쭌 내야' 하고 부른다. 조용히 하라며 언성을 높이지만, 사실 나도 민경이에게 그렇게 불리는 것이 싫지는 않다.

야외에서 열린 팬 사인회 대기 줄에 서 있다가 민경이를 만났다. 거제도에서 막 올라왔다는 민경은 실물 영접이 처음이라고 신이 나 있었다. 나이도 같고, 사는 곳도 멀지 않아 우리는 금방 가까워졌다. 민경이를 보려고 혼자 거제도로 떠나는 날, 나는 가죽 재킷을 걸치고 통기타를 둘러멨다. 몽돌해수욕장에서 롹커의 팬으로서 '롹스피릿'을 뽐내고 싶었다. '중2병'이었던 것 같다.

아니, 그냥 미쳤는지도 모른다. 거의 SNS처럼 활용하던 팬 카페의 일상게시판에 팬싸인회에서 알게 된 친구를 만나러 가는 길이라고 올렸더니, 한 '작가님'★께서 일대일 채팅을 걸어왔다. 거제도의 유명 호텔에 친구가 셰프로 있으니 자기 이름을 대고 식사를 하라는 내용이었다. 얼굴도 본 적 없지만 팬이라는 이름으로 우리는 하나이기 때문에 베풀 수 있는 호의였다. 민경이와 만나 OPPA의 얼굴이 인쇄된 스티커와 떡 메모지 따위를 서로에게 선물하고 기타를 들고 인증 샷을 찍었다. 식사를 책임져주신 작가님께 감사 인사도 잊지 않았다. 종일 같은 노래를 듣고 부르고, 그에 대해 이야기하다 보니 짧은 여행이 끝났다. 그후로 나는 거제도에 한 번도 가지 않았다. 지난해에 부산에 온 민경과 오랜만에 만나 놀다가 사건에 대해 이야기를 했다. 평소에 잘 웃어서 얼굴을 떠올리면 터질 듯한 광대가 먼저 생각나는 민경이지만, 내내 심각한 표정으로 대화를 했다.

세월이 많이 흘렀고 우리를 맺어주었던 이는 그때와는 전혀 다른 상황에 놓여 있다. 과거로 돌아가지 못하고, 미래는 예측할 수 없지만 어쨌든 현재의 우리는 여전히 좋은 친구다.

★ '작은가슴'의 줄임말로, 팬 카페 회원을 칭하는 말.

드디어 지원금
정산 완료

올해 9월부터 아니 사실 지난해 겨울부터 멱살 잡고 끌고 오던 지원금 정산. 이제 끝이 보인다. 사실 처음 서류 정리를 마쳤을 때도 그게 끝인 줄 알았다. 그러나……

근로소득과 사업소득의 차이를 구분하지 못한 죄.
예금거래내역서만 떼고 송금확인증은 떼지 않은 죄.
원천징수지급조서가 뭔지도 모른 죄.
세부 내역 계산 틀려서 엑셀만 붙잡고 몇 시간 동안 하염없이 수학 잘하는 사람과 엑셀 잘하는 사람만 찾은 죄.
생각 없이 영수증만 일흔 장을 가진 죄.
미리미리 복사해두지 않고 잉크가 증발할 때까지 미룬 죄.
해피포인트 6원 적립한 죄.

이외에 여기 쓸 수조차 없는 수많은 죄목으로 정산은 아주 오랜 시간에 걸쳐 진행되었다. 그 고통은…… 정말…… 해본 사람만이 알 수 있을 것이다. 사실 아직 안 끝났다. 그렇지만, 팀장님이 보완 요청한 사항을 모두 마무리했으니 잘하면 이번 달 안에 끝날 것 같다.

생각해보면 고등학교 올라가면서부터 수학을 아예 놓긴 했지만 돈 계산은 진짜 잘한다. 이렇게 많은 금액을 계산해본 일은 처음인 데다 단순히 마이너스만 계속되는 게 아니라 환불 내역에 결산세에 체크 카드 할인에 어쩌고에 몇십 원 몇백 원이 끼어들어 머리가 터질 듯했다. 그래도 막상 마무리하고 나니까…… 나, 진짜 멋있다. 이제 국세청 홈택스 VIP 될 것 같고, 조만간 e나라도움도 마스터 할 거 같다.

숫자를 가지고 정신없이 계산하고 확인하는 작업이 스트레스를 주면서도 묘한 희열을 맛보게 한다. 역시 시간이 오래 걸려도 일이 잘 마무리되면 아주 기쁘다. 이 마음을 잊지 말고 새로운 기쁨을 맛보고 싶다. 제발. 이제 영화만 완성하면 된다. 세연아, 제발! 제발!! 제발!!!

조연출 효정의 말

가벼운 덕질도 있고 깊디깊은 덕질도 있다. 하지만 모두의 사랑이 특별했다. 나만 특별했던 건 아니다. 홈마 같은 사람들은 나보다 더했다. 덕질의 정도로나 시간으로나. 근데 내가 등장하는 푸티지★가 오프닝에 깔리고 영화의 제목이 성덕인 순간 정말 많은 것을 기대하게 된다. 그래서 자신을 옥죄게 되는 것이다. 아무나 갖고 있는 소스가 아니다, 이건 감독님 본인이 알고 있다.

상영이 목표는 아니겠지만, 완벽을 추구하는 것도 좋지만, 그게 영화에 막힘이 되거나 그로 인해 자신을 채찍질해서 덜 유쾌한 쪽으로 가면 용서하지 않겠다. 유쾌함은 감독 본인에게서 나온다. 감독 본인의 상태. 시작부터 유쾌하기 때문에. 다치지 말고 유쾌하게 가자. 이 경계를 놓자는 얘기는 아니다. 하지만 세연 씨 본인은 좀 강하다. 경계가 강하다. 너무너무 강하다. 막 줌 들어가고 그런 거 좋은데. 과감한 시도가 필요하다. 오히려

★ footage, 영화나 영상 제작시 미편집한 원본을 말한다.

너무 안정돼 있어서 재미없어지면 얼마나 안타까운 일이냐. 집요하게 손가락을 담는 카메라 무빙과 줌. 덜 잘하려는 노력도 필요하지 않나. 너무 잘해서 문제다. 하.

경계선

그들에겐 내가 어떤 목적으로, 어떤 마음으로 촬영에 임하고 있는지는 별로 중요하지 않은 것 같다. 이미 나는 외부인이 되었다. 어떤 시선으로 당신들을 바라볼지 알 수 없는, 그런 사람. 당신들이 반드시 피하고 싶어 하는, 숨고 싶어 하는 대상엔 예외 없이 나도 포함되었다. 과거를 공유했을지라도, 지금은 그 테두리 바깥에 서 있으니까. 그들을 촬영하는 것은 폭력일지도 모른다. 이미 나의 과거가 다 말해주고 있는 것을.

0221

축하한다고 말할 순 없지만 평생 잊지 않을 거야. 잊을 수 없을 거야. 너와 관련한 모든 숫자와 익숙한 날짜들이 계속 맴돌 거야. 그립지만 그리워하지 않을게. 내가 그리워하는 건 네가 아니니까, 내가 그리워하는 것은 다시는 겪어보지 못할 그 마음이니까. 생일 축하해, 이 흔한 말 한마디 할 수 없게 하는 이가 다른 누구도 아닌 너라서 씁쓸하다.

죽지 마. 죽지 말고 살아서 다 갚아.

마음

영화를 완성하는 마음, 사람들에게 보여주는 마음에 대해서 또 한 번 생각했다.

대단히 용감한 일이다. 두려워도 하는 것.

제주 여행

7월 1일에 제주도로 가는 비행기 표를 끊었다. 곧 부산국제영화제 출품 마감인데 하도 편집을 안 해서, 이런 내가 답답하고 지긋지긋해서, 기분 좋은 일을 하나 만들어주면 좀 더 열심히 하게 될까 싶어서.

개뿔.

여행 일정이 정해진 순간부터 일주일 동안 숙소 알아보고, 각종 맛집 찾아보고, 가고 싶은 곳을 지도에 표시하느라 편집을 하나도 못 했다. 영화의 완성을 그토록 간절히 바랐던 사람이 맞는지. 눈앞에 있는 마감을 두고 어쩌자고 이러는지. 벼락치기도 정도껏인데 왜 그렇게 몸이 움직이질 않는지. 의지박약인가. 근데 사실 나 원래 이랬다. 한 번도 뭔가를 미리 해본 적이 없었다. 아무리 그래도 그렇지. 부산국제영화제에서 내 영화를 트는 게 꿈이던 나는 어디로 가고 해질녘이 되어서야 억지로 책상 앞으로 기어가는 나만 남은 건지.

세 시간이 넘는 러프 컷을 겨우 완성해 천천히 뒤적거리다 보니 출품 마감까지 일주일. 부분 부분을 잘라서 얼기설기 이어 붙인 것만 같은 편집본을 보고 있자니 이게 영화가 맞나 싶고. 출품 마감을 이틀 남겨두고 그제야 아이폰으로 내레이션을 녹음 하려는데, 더위가 복병이었다. 에어컨도 없이 선풍기 하나에 의 지해 여름을 나고 있었기에 생활 소음이나 다름없는 선풍기 소 리가 녹음된 파일에는 너무 크고 웅장하게 들리는 거다. 한 시간 이면 끝날 줄 알았던 내레이션 녹음은 땀 흘리며 한 문장을 녹음 하고, 땀 닦으며 잠깐 바람 쐬고, 다시 선풍기를 끄고 한 문장을 녹음하는 일을 반복하느라 자정이 넘어서야 끝났다.

아무튼 출품 마감 당일이 되어서야 여전히 엉망진창인 편집 본을 제출했다. 이틀 밤을 새우느라 눈두덩이에 피곤이 잔뜩 쌓 인 와중에 여름날 아침 공기가 시원하게 느껴졌다. 그리고 슬펐 다. 나는 정말로 최선을 다했나. 아닌 것 같았다. 그렇게 간절히 원했건만 이 정도밖에 못 해내다니. 다시 들여다보기도 부끄러 운 수준의 편집본을 영화랍시고 출품하다니. 너무 속상했다. 마 지막의 마지막까지 빈둥대놓고, 마지막의 마지막이 되어서야 딱 하루만 더 있었으면 좋았겠다고 생각하는 나 자신이 너무 미웠 다. 이렇게 미운데 어떻게 평생을 같이 살지. 한심하고 게으르고 멍청해.

엄청난 일을 제대로 해치우고 홀가분한 마음으로 떠날 줄 알았던 제주행 비행기에서, 나는 자신을 원망했다. 고생한 나를 위한 선물이 되어야 했던 여행은 쓸쓸한 자책의 여행으로 바뀌었다. 무엇보다 큰 문제는, 너무 피곤했다. 여행의 설렘 따위는 모르겠고 잠을 제대로 못 자서 눈이 뻑뻑하고 졸음이 밀려와서, 여행이 꼭 형벌처럼 느껴졌다. 그렇다고 이제 와서 취소하면 돈을 허공에 뿌린 셈이 되니까 그냥 갔다. 어쩔 수 없이 가는 거라 생각했는데 비행기 창밖으로 멀어지는 건물들을 보니 조금은 설렜다. 시도 때도 없는 감정 기복에 좀 웃겼다. 어쨌든 혼자서 5박 6일 제주 여행이라니. 잘한 것도 없는데 팔자 좋다 오세연!

제주공항에 도착해 빨간 버스를 탔다. 28인치 캐리어를 꼭 껴안고. 일부러 그런 건 아니고, 공항버스도 시외버스도 타본 적이 별로 없어서, 버스 옆쪽 문을 열고 캐리어를 넣으면 된다는 사실을 몰랐다. 덕분에 기사님이 내가 내릴 때까지 째려보셨다. 맨 앞자리에 앉아서 캐리어를 어찌할 줄 모르고 낑낑대는 모습에 정신없을 만도 했다. 그러는 와중에 전화가 걸려왔다. 기사님 눈치가 좀 보였지만, 일단 받았다.

– 여보세요.

– 네 안녕하세요.

– 제가 누구인 줄 알고 안녕하냐는 인사를 하시나요?

– …… 누구세요?

부산국제영화제 다큐멘터리 섹션 프로그래머인 강소원 선생님이었다. 혹시 너무 엉망인 영화를 제출해서 파일이 잘못 왔는지 확인하려고 전화하신 걸까, 싶어서 목이 탔다. 아직 편집을 덜 한 거냐, 사운드가 안 좋던데 작업을 더 할 거냐는 질문에 그렇다는 말만 반복했다. 그런데 뜻밖에도, 다큐멘터리 경쟁 부문에서 영화를 상영하고 싶다고 말씀하셨다. 출품한 지 하루 만에 들려오는 뜻밖의 결과. 엥? 진짜요? 이 영화를요? 경쟁 부문에요? 진심이세요? 왜요? 사실 여부를 확인하는 질문만 한 일곱 번쯤 했나. 손이 덜덜 떨리고 목소리는 자꾸 커졌다. 룸미러로 계속 나를 주시하던 버스 기사님이 조용히 안 할 거면 내리라고 하셨다.

그래서 내렸다. (어차피 환승해야 했으니까.) 최종 상영본 제출일까지 기운 내서 후반 작업 하라는 응원까지 들었는데도, 믿기지 않았다. 이거 혹시 보이스 피싱인가. 피싱을 해서 얻을 게 있나. 없잖아. 그럼 진짠가. 진짜로? 내가? 부산영화제를? 〈성덕〉이? 경쟁 부문? 초흥분 상태로 가족 채팅방에 소식을 알렸다. 여전히 믿기지가 않아서 요란한 외계어를 막 썼다. 그러다가 벌써부터 수상 소감이라도 읊듯이, 매일 아침 편집하라고 모닝콜 해준 엄마, 히스테리 다 받아주고 혼자 방을 쓸 수 있게 해준 언니에게 고맙다고 말했다. 그런데도 두 사람은 흥분하지 않았다. 별일 아니라는 듯. 왜 이렇게 태연하냐는 말에, 언니는 될 줄 알았다고 했고 엄마는 실감이 안 난다고 했다. 그렇게 호들갑을 떨다 보니 어느덧 한 시간 거리인 숙소에 도착했다.

숙소에 도착했는데도 꿈인가 싶어서, 의심이 많은 나는 전화가 걸려온 번호로 문자를 보냈다. 아까 저한테 전화로 말씀하신 거 진짜죠?라고 보내기에는 너무 불신지옥에 사는 사람 같아 조금 점잖게 문자를 보냈다.

- 아까는 너무 놀라서 전화로 요란법석을… ㅎㅎ 민망하네
  요… 날이 많이 더운데 건강 유의하시고 시원한 저녁 보내
  시길 바라요.
- 아니야, 의외로 침착했어. ^^

흥분을 가라앉히려 나름 애쓰다 보니 의외로 침착해 보였을지 몰라도, 하루 종일 구름 위를 둥둥 떠다니는 기분이었다. 지금 제주도에 있을 게 아니라 당장 컴퓨터 앞에 앉아 편집해야 하는데, 싶다가도. 내가? 첫 영화로? 이 나이에? 지렸다 크, 뭐 이런 생각들로 자아도취에 빠지기도 하고. 해질녘 제주 노을을 바라보니 괜히 불안과 걱정이 막 밀려와서, 혹시라도 영화가 미완성인 상태로 객사하면 어쩌지 싶어 무섭고. 온갖 생각들이 머릿속을 헤집고 다녔다. 여행의 의미가 너무 자주 바뀌는 것 아닌가. 지난날을 위로하려던 여행이, 지난날을 성찰하고 잘잘못을

따지는 여행이 되었다가, 이제는 다가올 날들을 불안한 마음으로 맞이하기 위한 여행이 되었다.

우습게도, 제대로 된 여행은 시작조차 하지 않았지만, 짐을 풀고 쉬다가 전복뚝배기 한 그릇 먹고 맥주 한 잔 마셨을 뿐이지만 벌써부터 그런 시간들이 보상과 회고와 긴장으로 다가와 참 신기했다. 덜 불안해하고 더 용감해졌으면 좋겠다.

산

해가 뜰 때까지 잠들지 못하고 밤새 울다가, 문득 산에 올라야겠다는 생각을 했다. 한라산을 오르기 위해 새벽 4시에 게스트하우스를 떠나는 언니들을 보면서 자극을 받은 것 같기도 하다. 검색해보니 한라산은 1950미터. 너무 높다. 그리고 너무 멀다. 가다가 죽을 수도 있겠다. 나한테는 한라산이 히말라야고 에베레스트야. 그럼 어딜 갈까 고민하다가, 어제 버스를 타고 지나온 성산일출봉 입구 정류장이 생각났다. 다시 검색. 182미터. 이 정도면 만만하다. 아 근데 이건 산이 아니라 봉인데. 그래도 괜찮다. 여길 오르면 올해는 못할 것이 없겠구나. 여길 올라야 영화를 잘 완성할 수 있는 힘도 얻을 수 있을 거다. 겨우 182미터 오르면서 왜 그렇게 비장하니 세연아…… 아무튼 결연한 마음으로 성산일출봉 입구에 내렸다.

내려서 한참을 걸어가니 매표소가 나오고, 또 한참을 걸어가니 일출봉으로 올라가는 계단이 나왔다. 충격적이게도, 이미 지쳤다. 한여름의 제주에선 평지를 걷는 것만으로도 땀이 뻘뻘

났다. 그냥 올라가지 말까. 아니 근데 이미 표를 샀잖아. 방금 전에 사놓고 저 그냥 안 올라갈게요 하고 환불할 거야? 아니 그리고 네가 여길 올라야 〈성덕〉 완성할 수 있다며. 그럼 여기 못 오르면 망하는 거 아니야? 지독하게 많은 것들에 의미 부여하기를 즐기다가 결국 나한테 내가 당했다.

뚜벅뚜벅 계단을 오르는데, 생각보다 어르신들이 많았다. 나는 벌써부터 헉헉대는데, 다들 너무나 평온한 얼굴로 산을 오르셨다. 아니, 봉을 오르셨다. 가족이 함께 오르는 사람들도 많았다. 엄마와 딸, 아빠와 아들, 할아버지와 할머니, 중년 부부까지. 좁은 계단을 오르면서 그렇게나 많은 사람들을 볼 수 있었던 까닭은, 나보다 늦게 출발한 이들이 모두 나를 지나쳐 올라갔기 때문이고, 중간중간에 놓여 있는 벤치에 나 혼자 너무 오랫동안 앉아 있었기 때문이다.

10분 정도 올라갔나. 아직 반도 안 올라온 게 분명하지만, 멀찍이 보이는 풍경은 아름다웠다. 바다와 산, 오밀조밀하게 붙어 있는 집들. 정말로 하늘색인 하늘. 이미 꽤 높이 왔고, 좋은 구경 다 했는데 굳이 끝까지 올라가야 할까. 그래도 가야지. 여길 올라야 영화 잘 된다며. 숨이 잘 안 쉬어지고, 마스크 속은 땀으로 가득한 작은 사우나 같고, 다리는 계속 후들거렸다. 그렇지만 어떡하나. 나는 종교가 없으니까, 그냥 이런 식으로 의미를 부여해봐야지. 한번 믿어봐야지. 급조해낸 미신이 주는 힘을.

그만큼 간절히 원하니까.

묵묵히 계단을 올라가다 전망대라고 쓰여 있는 곳에 도착했다. 작은 망원경이 있었다. 내려다 보이는 풍경도 훨씬 멀어졌다. 이제 끝인가. 여덟 살쯤 되어 보이는 남자아이가 옆에 있는 아빠에게 나와 똑같은 질문을 했다. "이제 끝이에요?" 그러자 젊은 아빠가 말했다. "아니 이제 다 왔어. 여기만 올라가면 정상이야." 물 마시는 척하고 엿듣길 잘했다. 숨 쉬기도 힘들고 흘러내리는 땀을 주체할 수도 없으니 이젠 정말로 포기하고 싶었다. 아빠의 손을 잡고 사뿐사뿐 계단을 오르는 남자아이를 보면서 아득바득 마음을 다잡았다.

여기도 이미 높은데 정상은 뭐 얼마나 다르겠냐 꿍얼대면서 속으로 욕설 뒤섞인 힘들다는 말을 백번쯤 내뱉었다. 그리고 생각했다. 이제 다 왔다는 말은 아들을 정상까지 데려가려는 아저씨의 거짓말이었구나. 부자간의 대화를 음침하게 엿들은 죄로 이렇게 고생을 하는구나. 애초에 왜 여길 오르면 올해 하는 일 다 잘 될 것 같다는 말도 안 되는 망상을 했는지도 모르겠고. 헉헉. 땀이 눈앞을 가린다. 눈이 따갑다. 덥다. 죽겠다. 지금 내려가도 되나…….

체감 한 시간(실제로는 2분)쯤 올라가니 상상도 못 한 풍경이 펼쳐졌다. 포기하고 싶었던 방금 전의 나 자신이 민망해질 만큼 아름다운 풍경이었다. 좁은 계단을 지나 정상까지 올라온 수많은 사람들이 북적이는 소리까지도, 아름다웠다. 주저앉아서 하염없이 풍경을 바라보다 정신을 차리고 주변을 둘러봤다. 가족들끼리 온 관광객이 많았고, 그게 조금 부러웠다. 나도 가족들이랑 왔으면 좋았겠다. 우리 할머니도 이런 곳에 와 보셨으면 좋았겠다. 그런 생각을 하고 나니 또 울컥했다.

어정쩡한 자세로 남편과 아들 두 사람의 사진을 찍어주고 있는 여자분께 말을 걸었다. 사진을 찍어주겠다고 했다. 원래는 안 그러는데 그냥 그러고 싶었다. 이러쿵저러쿵 툴툴대는 저 남자애가 나중에 내가 찍어준 사진을 보면서 이 시간을 아주 많이 그리워하겠지? 아님 말고. 답례로 내 독사진도 찍어주셨다. 어색했지만 기분이 좋았다. 올라오기보다 내려가기가 더 힘들다는 사실을 처절히 깨달으며, 제멋대로 움직이는 다리를 부여잡고 무사히 하산했다.

진짜 잘할 수 있을 것 같다. 뭐든지. 작은 봉을 올랐을 뿐이지만, 어쩌면 큰 고비를 미리 넘은 게 아닐까, 또 의미 부여를……

사람들의 말

갈피를 못 잡고 있는 와중에 힘을 주는 사람들을 만나니까 마음이 덜 불편했다. 다들 주옥같은 말들을 남겨주어서 마음에 잘 담아두었다. 그중에서, 많은 일을 겪으면서도 네가 가야 하는, 가고 싶은, 좋은 길로 잘 가고 있는 것 같다는 말이 참 감동이었다(감동받느라 정확한 말은 기억이 안 남). 예전엔 할 일이 있는데 사람들을 만나면 죄책감 비슷한 감정을 느꼈는데, 이제는 오히려 사람들을 만나고 마음을 환기하는 일이 중요하게 느껴진다.

D-1 week

정신을 바짝 차려야 해서 정신이 없는 상태다. 웃기다. 반복해서 같은 것을 보고 있으려니 눈이 흐려져서, 전에 들은 말들을 기록한 공책을 보는데 '조바심 내지 말고 즐겁게 해라. 그런 영화다'라는 말이 괜히 뭉클하게 다가온다. 나는 이 영화를 만들면서 얼마나 즐거웠더라. 얼마나 힘들었더라. 당장은 알 수 없는 심리겠지. 올여름은 급하게 시작해서 급하게 끝났다. 왠지 나 같다. 속도가 붙고 안 붙고의 문제가 아니지만, 시간이 많지 않기 때문에 답답하다. 답답하다. 답답하다. 불안하다. 요즘은 이상한 꿈도 많이 꾼다. 그렇지만 꿈은 반대라니까. 잘되려나 보다, 전부 다.

며칠 뒤면 9월이다. 9월.

완성

다 끝났다 생각하면 홀가분할 줄 알았는데 아니다. 색 보정도 믹싱도 끝내고 DCP★까지 뽑았는데 마음이 울렁울렁. 이상하다. 실감이 안 나서 그런가. 정말 끝이라는 생각이 안 들어서. 더 할 수 있는 작업은 없지만, 괜히 아쉬워서. 자꾸만 나를 의심한다. 자꾸만 나를 다그친다. 너 정말 할 만큼 했다고 생각해? 너 정말로 다 끝낸 거 맞니? 너 정말 다 확인했어? 너 정말 만족해? 어떤 질문에도 제대로 답을 할 수가 없다. 무력감이 든다. 이제 시간도 없고, 지금 나로선 할 수 있는 일이 없으니까. 그래서 완성했다는 생각에 오히려 우울이 밀려온 것 같다. 이게 내 최선이라서. 이게 나의 한계라서.

나 다음으로 〈성덕〉을 많이 본 사람이 우리 언니인데, 나만 아는 아주 미세한 차이도 언니는 알아낸다. 이젠 질릴 법도 한데 늘 내 옆에 앉아 한 시간 반 동안 집중해서 영화를 봐준다. 그리

★ 극장상업용 디지털 포맷.

고 웃어줬으면, 하고 바라는 장면에서 어김없이 웃어준다. 매번 그렇다. 그게 참 고맙다. 위로가 된다. 예전에 누군가 그런 말을 한 적이 있다. 자기 자신을 못 믿겠으면, 자기를 믿어주는 다른 사람을 믿으라고. 나한테는 언니가 그런 존재인 것 같다. 어릴 때부터 거의 99퍼센트 취향을 공유해온, 나의 웃음 감별사. 그 누가 좋은 얘길 해줘도, 마음에 안 들면 만족이 안 됐는데. 이번 엔 그냥 믿어보려고 한다. 이건 된다. 너는 무조건 된다. 뭐가 되는진 모르겠지만, 그냥 된다고 세뇌하는 언니의 말을. 언니의 애정을.

희한한 날들

아직 부산국제영화제 〈성덕〉 첫 상영을 하지도 않았는데 프로그램 노트 뜨고 나서 인터뷰가 네 개나 잡혔다. 배급사에서도 세 군데나 연락이 왔다. 사람들이 기대하고 좋아하고 관심을 가져주니까 자꾸 들뜨게 된다. 뭔가 마음이 안 좋다. 죄다 허상인 것 같고…… 하하. 챙겨야 할 것들도 많고 일정 정리도 버겁다. 행복한 일이지만 소비되는 것 같다는 느낌도 지울 수 없다. 누구누구 팬으로 이렇게까지 소비되면 다음 영화는 어떻게 찍지? 하여튼, 배부른 소리 복에 겨운 소리라고 생각하는 사람들이 더 많겠지만 그냥 솔직한 마음은 그렇다. 하, 기대작이다 화제작이다 하는 소리가 다 무섭고 부담스럽다.

막상 까보고 욕하지만 말아주세요. 제발.

귀한 경험

정말로 평생 잊지 못할 순간들. 다른 어떤 무엇보다 관객 분들의 이야기, 관객 분들의 웃음소리, 상영 도중에 터져 나오는 탄식과 박수 소리가 너무너무 감동적이었다. 너무나 귀중한 시간을 선물 받은 것 같아서 그동안 힘들었던 일들을 다 보상받은 기분이었다. 살면서 다시는 이만큼 사랑받는 영화를 만들 수 없을지도 모른다는 생각을 했다. 행복하다.

팬

극장을 옮겨 〈성덕〉의 서울독립영화제 첫 상영을 기다리다가 부끄럽지만 팬을 만났다. 부산독립영화제 GV에서 어떤 남자 관객 분이 나에게 "감독님에게도, 감독님 영화에도 팬이 생겼는데 앞으로 어떻게 사실 거냐"고 물었던 게 생각났다. 나는 뭐라 답할지 고민하다가 다리를 발발 떨면서 "처신 잘하고 착하게 똑바로 살겠다"고 했었다. 그렇지, 내가 이런 영화를 만들어놓고 〈성덕〉의 팬을 망한 덕후로 만들면 안 되는 거지. 아무튼 오늘 만난 팬은 벌써 내 영화를 세번째 보러 오는 거라, 이제 얼굴도 이름도 안다.

팬이란 뭘까. 누군가의 팬이 되어본 적은 많지만, 나에게 팬이 생긴 건 처음인데. 상영 때마다 사람들이 사인을 받으러 오고, 친구들이 인기 있네 스타네 놀리듯이 말해도 정작 나는 이 사람들이 내 팬이라곤 생각한 적은 없었다. 그런데 오늘 만난 친구는 정말로 팬인 것 같았다. 부산, 광주, 서울에서 만났는데 알고 보니 집은 군산이란다. 원래 이렇게 많이 다니냐고 물었더니 자기도 처음이란다. 수상 축하한다고 군산에서부터 선물을 바리바리 싸왔다. 힝.

이 친구를 만나고 나서 영화 보러 들어가서 그런지, 갑자기 생각이 정말 많아졌다. 나 어떻게 살아야 하는 걸까. 내가 이 사람을 위해서 뭘 해줄 수 있을까. GV 때 내가 장난삼아 하는 농담을 들으면서 이 사람은 무슨 생각을 할까? 매번 같은 영화를 보고 비슷한 답변을 많이 하는 GV에 참석하고 뚝딱대는(?) 나에게 사인을 받으면서 멀리까지 달려오느라 쓴 시간과 체력과 돈을 아까워하지는 않을까.

그래서 오늘은 왠지 관객의 반응이 잘 안 들렸고, 마음이 좀 무거웠다. 오늘 급하게 남은 티켓 한 장을 트위터에서 양도했는데, 상영 시작 한 시간도 안 남은 상태에서 30분 동안 택시를 타고 오신 관객 분을 생각하면 또 맘이 아프다. 부산에서 이미 보셨다는데 꼭 다시 보고 싶어서 오셨다고 한다. 감사한 일인데도, 나는 자꾸만 마음이 무거워졌다.

GV 때 "더 신중했어야 했다, 더 신중해져야겠다"라고 말했는데 이건 어쩌면 영화 자체보다 일을 대하는 내 태도에 대한 이야기인 것 같다. 팬이 생긴다는 것은 너무나 고맙고 신기한 일이고 또 조금은 미안한 일인 듯하다. 아, 정말 그런 것 같아.

할머니

할머니한테 그랬다. 할머니 내가 만든 영화는 봐야지. 할머니가 그랬다. 내 없어도 잘 해야 된다. 근데 왜 진짜 없어. 할머니. 보고 싶다.

무제5

그래도 요즘은 돈 말고는 별로 걱정거리가 없다. 그냥 다 할 수 있을 듯하다. 별로 두려운 것은 없다. 아, 있나? 있어도 그냥 일단 해보면 될 것 같다. 잘하든 못하든 그걸 인정하고 다음으로 넘어가는 게 중요한 것 같다. 시간은 멈춰 있지 않으니까, 흘러가니까.

시간에 탑승해서 나도 과거로부터 멀어져야 한다. 어쩔 수 없이 과거를 말해야만 하는 시간 속에서 살고 있다. 균형을 잘 잡고 현재와 미래를 많이 생각하며 살아야지. 올겨울은 참 춥네. 그렇지만 이만큼 마음이 따뜻한 겨울은 처음이다. 어제는 사랑하는 친구들이 영화도 볼 겸 놀러 왔다. 아, 어제가 아니라 그저께인가. 일과 연결되어 응원하러 오신 분들도 많았다. 정말로 고마운 일이다. 고맙다는 말 말고는 뭔가를 할 수 없어서(뽀뽀를 해드릴 수도 없으니), 어떻게 하면 이 마음이 전해질까 자주 생각한다. 영화를 공개하고 겨우 두 달이라는 시간이 흘렀다. 정말로 길게 느껴진다. 나이 들어서 세월이 빨리 간다고 느끼는 이유는 새로울 것이 없기 때문이라는 얘기를 들었다. 그렇다면 나는 두 달 동안 신생아로 사는 것이나 다름없었다. 차분히 향후 계획을 생각해야 하는 시간이다. 읽을 책이 잔뜩 쌓여 있는데 이번 주부터 차근차근 읽어야겠다. 독서 시간을 따로 정해야지. 계획 없는 삶도 그만두자. 독서 모임 같은 걸 해야 하나? 연말에는 술이나 마시자, 얘들아. 쓰다 보니깐 잠 온다.

그냥 문득 떠오르는
어떤 날

부산국제영화제에서 〈성덕〉을 두번째로 상영한 날. 엄마랑 언니가 와서 좀 긴장했다. 사실 그럴까봐 첫 상영 때 그들을 부르지 않았더랬다. 흠. 상영 전에 친구들과 함께 있는데 엄마도 왔다. 그날따라 엄마가 부끄러웠나. 정신없는 와중에 엄마가 자꾸 농담을 해서 받아주지 못하고 계속 찡그리고 있던 일만 생각난다.

상영이 끝나고 정신이 없기도 하고 가족들을 챙기지 못했다. 대기실로 가자고 했는데 들었는지 못 들었는지. 손님 대기실에 친구들과 있다가 사진도 찍고 이야기도 했다. 그러다 엄마가 들어왔다. 엄마는 다음 영화를 보러 가는 길이었다.

엄마가 나를 꼭 안아줬다. 안아주고 싶었다고 했다. 고생했다고 했나 기특하다고 했나, 축하한다는 말은 아니었던 것 같다. 그냥 엄마는 나를 꼭 안아줬다. 무척 힘차게 엄마답게. 그날 밤 엄마는 목에 담이 걸려서 이후 영화 관람을 모두 취소했다.

아무튼 그날 엄마와 한 포옹이 갑자기 생각나서. 그리워서.

백마디 말보다 엄마의 포옹이 훨씬 의미가 있어서. 그냥 엄마가 보고 싶어서. 앞으로 영화를 많이 찍어서 꼭 첫 상영 때 엄마를 초대해야지. 언니랑.

무주

무주에 다녀왔다. 성덕을 개봉하기 전에 가는 마지막 영화제라서 괜히 맘이 싱숭생숭. 생각해보면 영화 한 편으로 참 많은 여행을 다녔다. 부산에서부터 시작해서, 언니랑 나혜 언니랑 광주, 다시 부산, 서울, 혜영 언니랑 제주, 인천, 다시 서울, 언니랑 목포, 송이 언니랑 대구, 또 서울, 이탈리아 우디네, 그리고 이젠 무주까지. 영화 한 편이 가지는 힘에 대해 생각했다. 혼자서, 내가 갈 수 없는 곳에 가고 내가 닿을 수 없는 사람에게 닿기도 하는. 영화. 우리 영화. 기특한 내 〈성덕〉.

무주영화제는 정말로 영화 축제 같은 기분이 들어 엄마랑 가고 싶었다. 생각해보니 코로나 거리두기 방침이 바뀐 후에 처음 하는 상영이라 다닥다닥 붙어 앉아 영화를 보기는 처음이었다. 나는 〈성덕〉을 제일 많이 본 사람이니까 이번엔 보지 말까 싶었는데, 마지막일지도 모른다는 생각에 그냥 봤다. 그러길 너무 잘했다. 예전만큼 긴장하거나 두근대지는 않더라도, 영화를 보면서 관객들을 의식하게 되는 것은 어쩔 수 없는 일이다. 여기서 많이 웃으시네? 어라 여기선 왜 아무 반응이 없지? 관객들과 함께 영화를 보는 날마다 머릿속으로 그런 생각들로 가득하다.

이번엔 그런 생각을 할 겨를이 없었다. 사람들이 내가 만든 영화를 보며 웃고 박수치고 한숨 쉬고 탄식하고 욕하는데, 이토록 생생한 현장에 함께 있어 기쁘기도 하고 재밌기도 하고 또 한편으로는, 울컥했다. 고마워서 그랬나. 가슴이 벅찼다. 남들이 다 웃을 때 나 혼자 눈물 훔치는데, 옆에 앉은 엄마 보기 민망해서 그냥 안 운 척, 에어컨 때문에 추워서 코를 훌쩍이는 척했다. 뭉클했다. 고마웠다. 내가 보낸 시간과 경험을 반겨주고 좋아해주는 관객들이 있어서. 그리고 이 영화와 함께한 여정에 대해 생각하게 됐다. 나는 성덕 덕분에, 새로운 사람들을 아주 많이 만나고, 새로운 경험을 정말 많이 했다. 그리고 이 영화 덕분에 많이 배우고 성장했다. 힘들고 지치는 날도 많았지만, 내게 안겨준 좋은 것들이 훨씬 많았다.

〈성덕〉이라는 영화를 가장 싫어하는 사람도 나고, 〈성덕〉이라는 영화를 가장 좋아하는 사람도 나다. 그런데 어쩌면 이제는 〈성덕〉을 가장 좋아하는 사람이 내가 아닐지도 모른다는 기분 좋은 꿈을 꿨다. 이 꿈이 정말로, 진짜로 이루어졌으면 좋겠다.

2부

우리들의
인터뷰

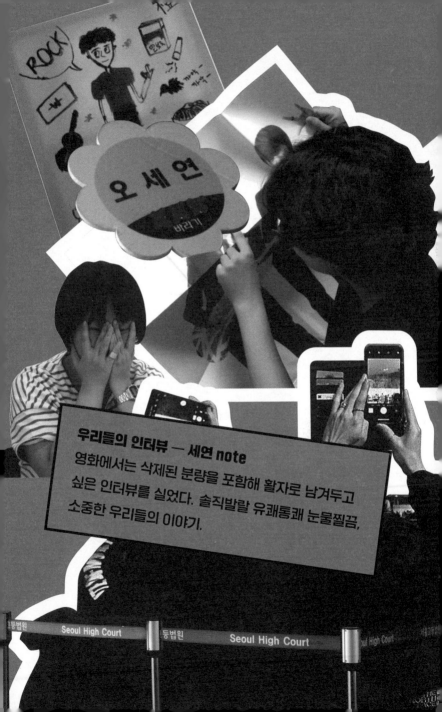

우리들의 인터뷰 — 세연 note
영화에서는 삭제된 분량을 포함해 활자로 남겨두고
싶은 인터뷰를 실었다. 솔직발랄 유쾌통쾌 눈물찔끔,
소중한 우리들의 이야기.

개한테
팬이라는 건
뭐였을까?

은빈

감독과 덕질로 만난 친구. 일명 덕메(덕질 메이트). 7년간 정준영을 좋아했다. 그녀가 살아온 인생의 3분의 1이 넘는 시간이다. "매일 수많은 팬들을 만나면서, 어린 팬들도 있고 어머니 팬들도 있는데, 그렇게 여성으로 된 팬들을 만나면서, 도대체 무슨 생각을 했을까. 이 사람한테 팬이란 뭘까?" "7년을 좋아했잖아요. 7년 동안 보고 듣고 만나기도 하고. 그런데 이게 내 일상에서 확 빠져버리니까. 일상이 완전히 붕괴된 느낌?" 담담한 어조로 자신의 상태와 그 사람에게 궁금한 것을 읊어낸다.

———

인터뷰 날짜 2019년 11월 19일

은빈(내레이션)

(자신의 일기를 읽어주는 은빈)

잊어야 하는 거 알고 그만 생각하고 싶은데
내 머릿속은 이미 너로 채워져 있다. 괜찮다고 주위
사람들에게 말을 하고 싶은데 실은 아주 많이 괜찮지
않다. 힘을 내고 싶은데 힘이 나지 않는다. 하필 스무 살.
내가 살아가는 곳이 바뀌고 옆에 친구들이 바뀔 때
내 일상의 아주 많은 일부였던 너까지 혼란을
일으킨다는 것이 우연일까. 어찌되었든 하나 확신하는 건
그로 인해 조금은 달라질 것 같고, 달라지고 있다.

은빈 근데 말 못 하면 어떡하지.

세연 자유롭게 해. 편안하게 하면 된다. 우선 자기소개 한 번.

은빈 안녕하세요. 저는 스무 살, 내년에 스물한 살이 될
김은빈입니다.

세연 우리가 어떻게 알게 된 사이야?

은빈 저희는 2013년도 때, 부산에서 팬싸가 있었는데, 그때
처음 만났어요

세연 어쩌다가 정준영(이하 J)에게 입덕하게 되었나요?

은빈 〈슈퍼스타K 4〉첫 방송부터 챙겨 봤는데,
거기서 반했어요. 잘생기고 성격도 매력적이라서.

딱 꽂혀서…… 지금까지. 헐. 지금까지가 아닌데.
지금까지가 아니라 그 사건이 터지기 전날까지.

세연 에이, 거짓말. 사건 터진 날도 멘붕이었으면서. 어떻게
사건이 터질 줄 알고 전날까지 딱 좋아하고 마음을
정리하셨어요? 솔직히 얘기합시다. 솔직히.
몇 년 동안 좋아하셨는지.

은빈 저는 햇수로 치면 7년! 7년 동안 좋아했어요.

세연 10대의 대부분을 J의 팬으로 보냈네요. 그럼 이제
2016년에 힘들었던 이야기를 해주세요.

은빈 아, 그때는 J를 너무 좋아했던 때라 불법 촬영 사건
터지자마자, '헉. 어떡해. 우리 오빠 어떡해', 이런
생각 때문에 힘들었어요. 그러고 나서 바로 30분 뒤에
무혐의라는 기사가 났잖아요. 그런데도 사람들은 이미
혐의 자체로만 그를 알고 있는 것 같아서 힘들었어요.
그래서 밥도 사흘 동안 세 끼 정도밖에 못 먹고. 가만히
있어도 토 나올 것 같고……. 좀 많이 힘들었던 거
같습니다.

세연 그때 맘스터치에서 나 만났던 거 기억나?

은빈 맞아요. 언니네 학교랑 저희 교회가 가까워서 그때
맘스터치에서 만났는데, 일단 뭐 먹자 해서 시키긴
시켰는데 저는 아무것도 못 먹은 듯하고. 그냥

"어떡해 어떡해"만 하다가 다섯 신가 네 시에 열리는 기자회견을 같이 봤어요.

세연 네가 생각하는 J는 어떤 사람이었어?

은빈 미워할 수 없는 사람……

세연 미워한 적 없잖아. 사건 전에는?

은빈 팬들한테 실망스러운 모습을 많이 보여줬어요. 근데 그런 성격 자체가 사람을 끌어들이는 매력이 있어요. 그래서 "아, 그래도 너무 좋아!" 이런 식으로 덕질을 했던 거 같아요. 그리고 성격이나 살아가는 부분에서 닮고 싶은 데가 많은 사람이라고 생각했습니다. 하고 싶은 일은 눈치 안 보고 해버리는 성격이잖아요. 그런 점을 닮고 싶었고, 그 친구만의 자유분방함, 당당함, 되게 눈치 안 보는 것들이 저한테는 매력적으로 다가왔어요.

세연 팬이었기 때문에 아는 모습들도 있잖아.

은빈 되게 외롭고, 약간 불쌍한 면이 있는. 그 사람만의 감성은 팬들만 아는 부분이라고 생각해요. 그 친구 목소리에 깃든 슬픔이라든가 노래에 녹여내는 것들을 보면…… 진지하고 어둡고 약간 마이너 같고. 그런 점들이 남들과는 다르다고 생각해요.

세연 그 사람에게 영향을 받은 부분들이 있을까?

은빈   일단 아까 말했다시피 성격? 눈치 안 보고
      자유분방하고 그런 거요. 그렇게 살아가려고
      노력까진 안 했는데 계속 보니까 닮아간 것 같아서요.
      그다음에는 제가 듣는 노래, 그리고 가고 싶은 나라요.
      이런 것들을 어릴 때부터 J를 통해 알아왔으니까.
      그런 데서 영향을 많이 받은 거 같아요.

세연   J의 고향은?

은빈   자카르타.

세연   J가 방송에서 했던 필리핀어는?

은빈   워끄머끄 뻐끄뚜머.

세연   아, 오키오키. 그럼 이른바 덕질이 인생에서 어떤
      의미가 있는 거 같아요?

은빈   음, 일단 덕질은 연예인을 좋아하는 거잖아요.
      직접 아는 사람이 아니라 그냥 텔레비전으로만 보이는
      모습을 보고 좋아하는 건데, 인생에서 짝사랑을
      열정적으로 할 수 있었던 시기라고 생각해요.
      그 사람이 어떻게 사는지 뒤에서 뭐 하는지 무시하고
      모른 척하고 보이는 모습만 보고, 내가 응원하고
      좋아하고 앞길을 빌어줄 수 있는. 그리고 내가 많은
      것을 해주고 싶은. 그렇게 짝사랑을 하는 기간이라고
      생각해요.

세연　근데 짝사랑이랑 덕질이랑 다른 게 있다면?

은빈　짝사랑은 옆에 있는 사람을 좋아하는 거잖아요.
　　　그니까 내가 뭐를 주면 상대도 주거나 아니면
　　　거절하는데 아무래도 덕질은 일방적인 사랑인 거죠.
　　　연예인들도 팬들을 사랑한다고 하지만, 되게 다수한테
　　　말하는 거잖아요. 근데 짝사랑은 일대일 관계니까.
　　　그런 점에서 다르다고 할 수 있죠. 뭔가 인생에서 흔히
　　　느낄 수 없는 감정이라고 생각해요. 덕질 자체가.

세연　그럼 은빈이는 J 말고 덕질해본 사람 없어?

은빈　네.

세연　앞으로는?

은빈　없어요.

세연　그럼 이제 조금 심각한 이야기를 한번 해볼게.
　　　2019년 봄에 우리가 오랜만에 연락을 했잖아.
　　　그때 통화하면서 무슨 얘기 했는지 기억나?

은빈　단톡방 사건이 터지고 조금 뒤였는데도 약간의 미련과
　　　그리움이 남아 있던 때였던 거 같아요. 제가 언니한테
　　　무기력하다고 말한 것 같아요. 무기력해서 아무것도
　　　할 수 없다고. 전 7년 동안 J를 좋아했으니까 그게
　　　일상이나 다름없잖아요. 걔 소식을 듣고
　　　직접 만나기도 했으니까. 근데 그 사람 자체가

내 인생에서 이렇게 탁 빠져버리니까 일상이 팍
무너지는 느낌을 받았어요.

세연 단톡방 사건을 처음 접했을 때, 어떤 마음이었어?

은빈 버닝썬 사건이 터졌을 때 약간 준비를 하고 있었어요.
승리랑 친한데 어떻게 연관이 없을 수 있을까라고
생각했던 거 같아요. 근데 안 터지는 거예요. 그래서
뭐지뭐지 싶었는데……. 결국엔 단톡방 얘기가
나오면서 오디션 프로그램 출신에 예능에서 활발하게
활동하는 가수 A씨가 거론됐죠. 그때 이미
짐작했어요. 그래서 그냥 마음 졸이면서 있었는데,
다음 날 9시 뉴스에서 'J'라고 이름을 딱 밝힌 거예요.
뭔가 아, 결국엔 터졌구나. 이런 생각 하고. 그냥
번아웃. 아무 생각이 안 들었어요. 그냥 얘 이제
어떡하지 하는 생각도 안 들고……. 그냥 아무 생각도
안 들었던 거 같아요.

세연 사실 J를 언제부터 언제까지 좋아했냐고 물었을 때
사건 전날까지라고 했지만, 사실 7년을 좋아했는데
사람 마음이 한 번에 정리되는 게 아니니까…….
당연한 거잖아.

은빈 사건 터지고 포털 사이트에서 그 사건이 화제의
중심이었잖아요. 저도 기자라도 된 것처럼 사건을

정리해보려고 했어요. 그들이 지은 죄를 제대로 알고
싶어서. 근데 이후에 주변이 잠잠해지고 J가
포승줄에 묶여 가고 그러면서 화가 난다기보다도
'어쩌다가 이렇게 됐을까', '도대체 인생을 어떻게
살았길래'라는 생각을 많이 했어요. 쉴 틈 없이
기사가 나올 때는 그런 거라도 볼 수 있으니까
J 생각을 평소처럼 하게 되는데, 그런 게 없어지니까
텅텅 비어 있는 느낌이 들었어요. 일상이 사라져버린
느낌을 계속 받았고. 그렇게 3개월 넘게 흐르고, 중간
중간 그리워지기도 했죠. 정말 시간이 약이라는 말이
뭔지 알겠더라고요. 내 생활에 바쁘다 보니까 점차
잊혀져갔어요. 옛날에는 진짜 없으면 못 살 거 같다,
이런 생각도 했는데 차라리 지금처럼 서서히 잊히는
쪽이 낫지 않나 하는 생각이 들었어요.

세연 2016년에 만났을 때도 J에게 문제가 있었잖아. 그때는
무혐의라는 말이 뜨기는 했지만 기자회견 하기 전부터
우리는 그 친구가 결백할 거라고 믿었잖아. 그래서
맘스터치에서 만나서 울고불고 난리를 쳤던 것이고.
그때는 어떤 마음으로 그랬던 것 같아?

은빈 억울하다 생각했죠. 진짜 아닐 거라고 생각했고,
너무나 억울한 입장이고 기레기들 때문이다. 이렇게

생각했으니까. 뭔가 지켜주고 싶은 마음, 억울함을
풀어주고 싶은 마음이었던 거 같아요. 그런 애가
아닌데 왜 그렇게 기사를 내서 그런 말을 듣게 하느냐.
그런 심리가 강했던 거 같아요.

세연 믿음 같은 게 있었나?

은빈 믿음? 믿음이라기보단 정. 정이 있었고. 데뷔 전부터
봐왔잖아요. 그래서 음악에 대한 길이라든가, 그 사람
인생을 응원해주고 싶었어요.

세연 단톡방 사건이 터지고 나서 여러 감정이 들었을 것
같다.

은빈 솔직히 그것 자체가 충격이었거든요. 그런
단톡방? 사실 그 친구들 질이 안 좋은 거는 여러
소문들이라든가 인스타그램 올라오는 영상으로 알고
있었는데 진짜 그런 쪽으로 친분이 있을 줄은 상상도
못 했어요. 단톡방 내용 하나하나가 충격이었어요.
그런 단톡방에서 그런 대화를 하고 있다는 거 자체가.
문란하게 노는 거는 알았는데 진짜 그 정도일 줄은
상상도 못 했기 때문에 기사를 보고 나서 배신감이
들었어요. 아니, 여성 팬들이 이렇게 많은데 뒤에서
이런 얘기를 하고 다니고 있었다고? 이런 생각도
들었고. 자기 입으로 '저는 솔직하고 민폐 끼치는 거

싫어해요'라고 했으면서 사실상 가장 큰 민폐를 끼치고 있었잖아요. 그동안 방송에서 말하고 보여준 모습이 죄다 거짓이었다는 게 제일 큰 배신감을 주었던 거 같아요. 막 문란하게 놀아도 거짓말은 안 할 줄 알았고 솔직할 줄 알았는데. 사실 뭐 3년 전 기자회견 때 읽은 반성문도 거짓말이었고, 다 거짓말이었잖아요. 그런 데서 오는 상처……?라고 하긴 좀 그렇고. 배신감이 있었던 거 같아요.

세연 최근에 재판에서 검찰이 J한테 7년을 구형했잖아. 기분이 어땠어?

은빈 되게 기분이 안 좋았어요. 왜냐면 실시간 검색어에 오랜만에 오르잖아요. 3위인 거예요. 뭐야, 이러고 봤는데 7년 구형. 우와 시간 진짜 빠르다. 내가 사건 터지고 힘들어했던 게 1학년 초반이었는데 '벌써 시간이 지나서 난 1학년을 한 달 정도 남겨두고 있고, 얘는 결국에는 7년형을 받았구나, 시간이 참 빠르다'라는 생각이 들었어요. 그동안 저는 무언가를 하고 바쁘게 지냈는데, 걔는 내가 옛날에 상상했던 사람 그대로인 거예요. 뭐 보여준 게 없으니까. 그런 거에 대한 슬픔이 있었죠. 그다음에 제가 좋아했던 세월이 7년인데, 걔가 7년을 구형 받았잖아요.

뭐 연관성이 있지는 않은데, 검찰 구형이 7년이니
판사가 선고할 때는 좀 줄어들겠죠? 근데 어쨌든
7년형을 내려달라고 요청한 거니까. 얼마나 죄질이
나쁘면 7년을 받았을까 생각하면서. 넌 이젠 더 이상
연예인이 아니고 범죄자야. 그런 생각이 뇌리에 딱
꽂혔던 것 같아요.

세연 요즘도 그 사람 노래 듣나?

은빈 요즘에는 잘 안 들어요. 다른 노래는 아예 안 듣는데
〈공감〉은 좋아서……. 많이 듣진 않고 그냥 옛날 재생
목록에 있어서. 어쩌다가 들리면 '아 노래 좋다' 이런
생각을 하긴 해요. 근데 잘 안 들어요.

세연 단톡방 사건 이후에 생긴 트라우마 같은 거 있어?
아니면 이 충격은 좀 오래 가겠다 싶은 거나.

은빈 일단 2016년 사건이 터졌을 때부터 실시간 검색어,
거기 J 이름만 떠도 가슴이 덜컹 내려앉아요.
헉, 뭐야, 이런 생각으로 항상 급히 들어가서 보고 항상
확인하고. 그런 트라우마? 아니 버릇? 그런 게 생긴
듯해요. 일단 가장 큰 충격을 받은 사실은 아무래도
불법 촬영이었죠. 그리고 솔직함에 대해서 다시 생각을
해봤어요. 팬에 대해서도요. J는 〈슈퍼스타K 4〉
때부터 '팬빨'이다 싶을 정도로 여성 팬이 진짜

어마어마했어요. 솔직히 팬 덕에 성장했고 팬 때문에
지금까지 올 수 있었던 거라 생각하거든요. 대부분이
여성 팬이었고, 어린 팬들도 있었고, 어머니 팬도
있었고. 매일 팬을 보고 접하면서 뒤로는 여성에 관한
범죄를 저지르고 있었다? 도대체 우리를 보면서 무슨
생각을 했을까. 걔한테 팬이라는 건 뭘까?라는 생각을
했던 거 같아요.

세연 아직도 그 친구를 기다리는 팬들에 대해서 어떻게
생각해?

은빈 뭐 나름의 이유가 있는 거니까 판단을 하진 않아요.
근데 가끔 커뮤니티에 들어가 보면 오늘도 사진
올립니다, 그리워요, 잘못한 건 요만큼인데 이만큼
부풀려서 이렇게 됐다고 하는 이들이 있어요. 그런
식으로 기다리는 건 아닌 거 같아요. 진짜 옛날 J,
연예인 J를 기다린다, 이건 솔직히 별로라고
생각하거든요. 왜냐면 그 사람은 많은 사람들에게
피해를 준 범죄자예요. 그 사람을 옛날 연예인
모습 그대로 보고 '응원하고 기다릴게요', 이건
조금 너무하지 않나. 피해자들한테도. 그리고 불법
촬영이라는 문제도 너무 사소하게 생각하는 게 아닌가
싶어요. 근데 기다림이라는 의미 자체로 봤을 때는

죗값을 다 치르고 사죄한다면 그 이후를 응원하고
기다릴 수 있다고 생각해요. 왜냐면 좋아했으니까.
그 사람의 인생을 봤을 때, 죗값을 다 치르고 나왔을 때
남아주는 사람이라도 있으면, 그런 팬이라도 있으면
괜찮을 것 같다고 생각해요.

세연   뒤늦게라도 그 사람한테 바라는 점 있어?

은빈   일단 악착같이 버텼으면 좋겠어요. 이 말은 자기 죄를
피부로 절실히 느꼈으면 좋겠다는 말이에요. 솔직히
지금까지 당당하게 누릴 거 누리고 살았잖아요. 자기
죄가 뭔지도 모르고. 연예계 생활과 감옥 생활은 천지
차이일 거란 말이에요. 이제 거기서 자기가 얼마나
잘못했고 얼마나 많은 사람들에게 배신감을 주었는지
피부로 절절히 느끼면서 살았으면 좋겠어요. 그리고
정말 피해자들한테 정말 죄송한 말이지만…… 결국에
불행하지만, 결국에는 행복했으면 좋겠어요.

세연   왜 그 사람이 행복하기를 바라는 걸까?

은빈   그러게요…….

(은빈, 생각에 잠긴다. 말이 없다.)

세연   뭐야, 왜 아련해. 자, 이제 마무리하자.

은빈   아, 저 이 말 할래요. 저희 이제 팬 아니에요.

무지개인 줄
알았는데
신기루였다

다은

〈성덕〉의 조연출. 부산과 서울을 오가며 영화와 관련한 일을 하고 있다. 오며가며 인사를 나누었을 뿐이던 다은에게 스태프에 합류할 것을 제안하며 조심스레 자료들을 건넸을 때, 돌아온 답변은 충격적이었다. "저는 승리 팬이었습니다." 그렇다. 그녀는 승리의 솔로 스페셜 에디션으로 한정 발매된 앨범을 소장하고 있을 정도로 열정적인 팬이었다. 하지만 지금의 다은에게 승리는 "무지개인 줄 알았는데 신기루에 불과"할 뿐이다.

———

인터뷰 날짜 2019년 11월 28일

세연　다은 씨는 처음에 제가 망한 덕후인 거 알았을 때
　　　기분이 어떠셨어요?

다은　이 질문 너무 웃긴데 아무튼. 우선 세연 씨가 영화에
　　　합류해달라는 제의를 했을 때 '저에게는 무기가 하나
　　　있어요'라는 생각을 하고 있었어요. 그런데 갑자기
　　　세연 씨가 〈별바라기〉 그 영상을 보여주는데, 이런
　　　생각이 드는 거야. 굼벵이 앞에서 주름잡는다고, 맞죠,
　　　이 말? 연출의도가 그 영상 하나로 이해되니까 그냥……

세연　다은 씨가 생각하는 승리(이하 S)는 어떤 사람이었어요?

다은　매력 포인트는 무엇보다 그 도전 정신. 기죽지 않는.
　　　근데 그런 도전 정신으로 어디까지 도전하는 줄
　　　모르겠어. 거의 뭐. 저기 먼 곳까지 도전을 해버려서.
　　　그동안 여기저기서 어필은 많이 했어요. 예능에서도
　　　뭔가를 할 거다, 내가 광주의 아들이고, 형들 사이에선
　　　막낸데 집에선 또 가장이다, 이런 이야기로 자기를
　　　어필하는 그런 도전 정신 되게 좋았어요. 음, 세연 씨가
　　　J한테 느꼈을 그런 사람 같은 매력? 연예인 같지 않은
　　　느낌? 그런 것을 S라는 연예인에게서 느꼈어요.
　　　귀여웠고. 어리고. 그게 좀 컸던 거 같아요.

세연　S한테 영향을 받았다면 무엇이 있을까요?

다은　아, 이걸 영향이라고 생각할지 모르겠는데, 〈빅뱅 TV〉,

이런 프로그램이 있었어요. 거기서 그 친구가 콘서트 휴식 시간에 바나나를 먹으면서 이런 얘기를 했죠. "바나나는 포만감을 주기 때문에 이럴 때 먹으면 좋습니다." 근데 제가 그걸 계속 따라 했어요. 어릴 땐 그게 멋져 보였어요. 과일 하나에도 의미를 담아서 먹는 거 자체가 철학적으로 보이는 거죠. 그런 사소한 것들을 조금씩 따라 했던 거 같아요. 말투라든지, 그런 것을. 근데 참. 바나나 먹는 것까지 따라 했네. 네, 그랬습니다.

세연 처음 버닝썬 사건이 터졌을 기분이 어떠셨는지 그후의 이야기도 해주시면 좋을 거 같아요.

다은 때마침 예능 프로그램 〈나 혼자 산다〉에 S가 나와서 자기가 클럽 DJ 하는 모습이랑 해외에서 사업하는 거를 많이 보여줘서 관심이 엄청 쏠려 있었던 상태에서 사건이 터졌잖아요. 처음 접했을 땐 그냥 '아 이런 폭행 피해자가 있대. 근데 이게 뭔가 좀 수상해', 이 정도로만 얘기가 들려오다가 '헐! 그게 YG? 근데 그게 S?', 이렇게 됐죠. 단톡방 사건까지 터졌을 땐, 진짜 냉정하게 생각했던 거 같아요. 그리고 S가 버닝썬의 책임자잖아요, 홍보할 때는 CEO라고 하면서 막상 피해자가 생기고 책임을 져야 할 때가 오니,

'나는 얼굴마담일 뿐이었다'라고 대응하는 것도 너무
웃겼고요. 꾸준히 봤거든요. 그중 최악이라고 생각을
한 것은 〈그것이 알고 싶다〉 PD가 S 측에 연락을
계속해요. 계속 연락이 안 되다가 답장이 하나가 와요.
거기서 뭐라고 하냐면 단톡방 사건이 터진 거에 대해서
어떻게 생각하냐는 질문에 '엄연히 개인정보 사생활
침해다. 그 사건을 공익 신고로 인정을 해야겠지만
그게 세상에 안 알려졌으면 이렇게 되지 않았을 거
아니냐. 그러니까 나도 피해자다', 이런 식으로 답장을
보냈죠. 하, 이게 공부를 안 해서 그런가? 이게 지금
이 사건의 요점이, '내가 피해자예요'가 아닌데…… .
(다은, 차마 말을 못 잇는다.)
결국에 이 사건이 덮여 있든 드러나 있든 '문제'라고
인식해야 하는데, 이게 왜 들켜가지고 내가 지금
피해를 받고 있냐 이렇게 이야기하고 있어요.
이 사람은 지금 자신의 과오로 생긴 피해자들 입장은
하나도 생각하지 않는구나 싶었죠. 인간으로서
실망했죠. 그냥. 6개월이 지나니까 아무 감정도 없어요,
이제는. 확실한 거는 좋은 마음은 하나도 없는 거 같고,
추억을 돌이키지도 않는 거 같고, 화도 살짝 났다
말았다 해요.

세연　갑자기 너무 비약하는 거 같지만 덕질의 정점에서 진짜 팬이라 자랑스러운 순간들 있잖아요. 그때 이야기를 조금 해주실 수 있을지요.

다은　'V.V.I.P' 앨범이 진짜 좋아요. 왜냐면 이 시기가 그 친구가 음악을 가장 좋아했을 때 같거든요. 어떤 유명세나 캐릭터를 바꾸기 위해서, 콘셉트를 잡기 위해서, 빅뱅의 막내 역할을 하는 게 아니라 진짜 S로서 음악을 발표한 가장 아름다운 시기였던 거 같아요. 그래서 'V.V.I.P' 앨범 수록곡들을 다 좋아해요. 〈WHITE LOVE(화이트 러브)〉라는 노래도 좋아하고. 〈창문을 열어〉도 좋아요. 그래서 수업 시간에 아니 청소 시간에 "창문을 열어" 하면서 창문을 열어서 청소하고 그랬거든요. 그 정도로 많이 부르고 'V.V.I.P' 율동도 따라 하고. 아, 그리고 맨 마지막 수록곡이 〈IN MY WORLD(인 마이 월드)〉라는 곡인데, 이거 아마 거의 다 모르실 거예요. 저는 이 노래를 되게 많이 들었어요. 팬들한테 바치는 노랜데, 자기가 사랑하는 사람들과 내가 만든 세상 안에서 감사함을 전해요. S가 데뷔 초 때도 발라드를 정말 잘했어요. 모르는 사람 많은데 〈다음 날〉이란 노래도 있고요. 저는 그런 차분한 곡을 좋아했거든요. 그중에서도 〈IN MY

WORLD(인 마이 월드)〉라는 노래는 '팬으로서 우리가
잘 따라오고 있고, 나도 너희들한테 영향을 받고
있어'라는 메시지가 들어 있어요. 팬한테는 그게 가장
크잖아요. 우리의 존재감이 딱 들게 하는 노래니까.
처음 들었을 때 이상하게 위로가 많이 됐던 거 같아요.
그게 그 친구에게 받았던 가장 큰 영향이 아닐까
싶어요. 그렇게 할 수 있는 사람에 대한 동경이 컸죠.
그렇게 가끔 한 번씩 들어요.

세연 네? 한 번씩 들으세요? 어젯밤에 들었다? 안 들었다?
한 달 안에 들은 적 있다? 없다?

다은 찾아본 적은 있다. 근데 노래한 사람이 S라는 사실을
떠나서 좋아할 것 같아요, 그 곡은. 아니 무슨 소리야!
그래도 들으면 안 되지!!! 큰일 날 뻔했어요. 방금. 와
방금 진짜 헤까닥했다…….

세연 홍보하시는 거 아니죠? 그러면 다음 질문으로
넘어갈게요. 사건에서 충격, 배신감을 받았는데
이런 것들이 크게 다가오는 이유라면 무엇이 있을까요?
J, S 둘 다 나쁜 놈이지만 사실 전 J가 더 밉거든요.
다은 씨는 S가 더 미울 테고.

다은 우리는 이상적인 세상을 꿈꾸면서 살잖아요. 한국을
떠나서 전 세계가 그렇게 아이들을 교육하고 있고요.

그런데 스타라는 사람은 그런 동경의 세계를 만든
존재인 거 같아요. 그 세계를 계속해서 이끌고 있고요.
예를 들어서 학교에서 진짜 못된 선생님이 나를
욕해도, J랑 S가 "여러분! 그런 거에 스트레스 받지
마요"라고 한마디 해주면, 저는 이 세계에서 정상인
거 같거든요. 이 세상에서 나는 계속 살아가고 싶은
마음이 든단 말이에요. S는 일본 예능 프로그램에서
인기가 엄청 많았는데요. 가끔 일본 예능에서
한국을 비하할 때 가만히 있지 않는 연예인으로 또
유명했어요. 기무치라고 하면, 아니 기무치가 아니라
김치, 이런 식으로요. 특히 어떤 사람을 좋아하면
그 사람의 마음가짐을 더욱더 신뢰하잖아요. 그런
신뢰도가 엄청나게 높고 그 사람이 뭔가를 더 할 거라는
믿음과 기대감이 있었는데 가장 최하로 추락하는
거죠. 그러니까 나는 무지개인 줄 알았는데 사실은
신기루였고 거기에 속았던 거죠. 거기서 오는
배신감이 너무나도 크니까 더 화가 나는 거 같아요.
내가 몰랐으면 계속 좋아했을 거 아냐, 이 부분.
그 사람들에게 더욱더 분노하게 된 이유는 그들이
보여준 무지개가 너무 찬란했기 때문이 아닐까
생각을 해요.

세연 사건 이후에 생긴 고민거리나 트라우마 같은 거
있으세요?

다은 미디어가 더욱더 무서워진 거 같아요. 그걸 조금 더
경계하자고 생각하기도 했어요. 연예계 시스템이
만드는 이미지를 우리가 경계할 필요가 있다. 이거를
정말 뼈저리게 느낀 거 같아요. 소비자가 경계해야
공급자들도 긴장할 테고요. 특히 여성 혐오 범죄는
여성들이 더 소리를 내야 된다고 생각하는데, 누군가를
계속 감싸고 넘어가면 여성을 떠나서 인간의 역사가
몇 년을 퇴보하는 일이잖아요. 그렇기 때문에 나는
조금 더 예민해져야겠다고 생각했어요. 그러니까
내가 예민한 게 아니라 그들이 둔감한 거고, 이런
거에 상처를 받아 외면해버리면 안 되고, 오히려 깊이
새겨서 다시는 안 봐야 되는 거라고요. 조금 더 주의를
하게 된 거 같아요. 사람 못 믿겠다는 거야 항상 드는
생각이고요.

세연 마지막으로, 끝까지 기다린다는 팬들에 대해 어떻게
생각하세요?

다은 진짜 그거는 나는 진짜 미치겠는데⋯⋯ 사실. 미쳤지.
하. 미치죠. 기다린다는 팬들이 외국에 진짜 많고요.
이러다 콘서트도 하겠어요. 진짜. 와, 근데 전 이게

옹호가 안 돼요. (외국 팬들도 정신이) 돌아오겠죠.
하지만 정신 차리겠죠가 아니라 '정신 차리세요' 하고
싶어요. 아, 이거 들어가면 나 뭇매 맞을 거 같아요.
이게 무섭긴 해요. 그런 팬들한테 혐오감은 없어요.
근데 제가 말하는 것은, 가해자의 태도, 태도가 진짜
중요하다는 거예요. 정말로 사죄한다는 마음으로
진짜 뼈에 새긴 것처럼 반성하고 또 반성해야 해요.
내가 볼 때는 팬들이 그렇게 받아주면 그 사람들은
그런 소비자가 있기 때문에 또 한 번 과오를 범할 테고
그러면 또다시 피해자가 생길 텐데, 사실 그게 잠재적
범죄 아닌가요? 내가 계속해서 범죄를 방관하는
거밖에 안 된다는 생각이 들어요. 내가 좋아했던
걸 지키기 위해서긴 하지만, 이거는 법(적)으로나
도덕(적)으로나 잘못된 거잖아요?
하. 그러니까 잘못을 인정하고 내가 좋아했던 것을
이제는 내려놓을 필요가 있다고 생각해요.

세연 더 하고 싶은 말 있으세요? 아님 뭐 S한테 바라는
점이나.

다은 저 그 질문 해주세요. 지금 좋아하는 연예인이 있냐?

세연 아, 그래요. 요즘 좋아하는 연예인 있으세요?

다은 네. 분야마다 있어요. 가수로는 혁오를 정말

좋아하고요. 배우는 김남길을 진짜 좋아하고요.
왜냐면 긍정적인 에너지, 이걸 말하고 싶었거든요.
〈선덕여왕〉 때 비담한테 빠져가지고 제가 엄청
좋아합니다. 그때 전교에서 두 명이 좋아했어요.
(세연과 다은, 갑자기 웃음을 터뜨린다)

세연   전교에서 두 명이면 거의 대결이네요.

다은   김남길이라는 배우를 제가 왜 언급하냐면, S랑
똑같이 좋아했거든요. 근데 김남길은 길스토리라는
비영리단체를 운영하고 있어요. 제가 그걸 초등학교
때부터 알고 있었거든요. 그러니까 6년 정도를
쭉 해오셨어요. 굳이 제가 좋아했던 두 사람을
비교하자면, 김남길은 배우의 길도 꾸준히 가면서,
유명세를 어떻게 긍정적으로 이용하는지 보여줬던
것 같아요. S랑 딱 비교했을 때, 본업(배우) 이외의
활동으로 돈도 버는 것도 아니고, 아무도 몰라줘도
계속해서 예술 활동을 지원하고, 연탄도 나르고
그랬어요. 요즘 예능 프로그램에 나와서 조금씩 홍보를
하니까 이제야 사람들이 조금 알아주는 거 같아요.
김남길 배우는 그런 활동을 하면서 유명세라는 힘을
어떻게 사용해야 하는지 알려주는 것 같아요. 지금의
젊은 세대들한테요. 그리고 이런 사람들도 세상에

있으니까 우리는 다시 또 무지개를 보는 거고요.
만약 이거까지 이제 신기루면…… 전 조금 많이
힘들 거 같은데. 하여튼, 그런 무지개를 꿈꾸고
보여주려고 하는 사람들이 정말 많다는 사실을 꼭
말하고 싶었어요. 저도 그걸 만드는 사람 중 한 명이
되고 싶고, 이 영화가 언젠가 저를 반성하게 해줄
수도 있을 것 같아요. 무언가를 진심으로 사랑했던
사람들이 누군가가 만든 무지개에 속아서 이게 사실은
신기루였구나, 하고 돌아서는 일이 없었으면 좋겠어요.

팬들도
피해자인 것
같아

승현

감독의 절친한 친구. 음주운전, 폭행을 일삼다 문제의 단톡방에 연루되었다는 사실이 밝혀져 슈퍼주니어에서 탈퇴한 강인이 승현 언니의 '구오빠'였다. '끼리끼리는 과학'인 걸까, 아니면 대중들에게 매우 큰 영향을 미치는 공인의 범죄나 사건사고가 너무 많은 탓일까. 승현은 때때로 흥분하지만 대체로 차분하다. 시간이 많이 지났기 때문일까, 아니면 나름대로 벗어날 수 있는 이유가 있었던 걸까? 그녀는 '팬들도 피해자'라고 말한다.

———

인터뷰 날짜 2019년 11월 29일

승현   시크하게 해야겠다. 안녕, 나 스물네 살 김승현이야.

세연   (웃음) 예전에 내가 이 영화를 처음 얘기했을 때 언니가
      조심스럽게, 나도 강인(이하 K) 좋아했었어, 라며 어떤
      이야기를 해주었잖아. 무슨 이야기였는지 기억나?

승현   아, 내 입으로 밝혀야 되는 거야? 힘든데…….
      중학생이었을 때, 드림콘서트가 열리면 콘서트장
      밖에서 팬들이 삼삼오오 모여서 놀았지. 그때 BJ들이
      팬들을 인터뷰하곤 했어. 나한테도 어떤 남자
      BJ가 인터뷰를 시도했어. 그때 K가 안 좋은 문제가
      있었는데도, 내가 막 팬이라고 하면서 지랄했던 거
      같아. 사실 무슨 얘기를 했는지 잘 모르겠어. 우와아아악
      이랬던 거 같아. 나 K 좋아해! 이런 느낌?

세연   그때 어떤 문제였어?

승현   폭행, 뺑소니. 대박이지? 음주운전도 있었고.
      3종 세트로 가지가지 했던 것 같은데. 그랬었지.
      그랬었어.

세연   슈퍼주니어는 멤버가 많은 걸로 유명했잖아.
      열세 명이나 되는 멤버 중에서도 왜 K를 좋아하게 된
      거야?

승현   맨 처음 좋아한 계기는 동해였어. 보아의 〈Key of
      Heart(키 오브 하트)〉라는 뮤직비디오가 있는데 거기에

연습생이었던 동해가 나왔지. 근데 너무 멋있어서 충격을 받은 거야. 하루에 그것만 500번씩 돌려보다가 엘프★가 됐지. 그렇게 동해를 쭉 좋아하다가 〈돈 돈! (Don't Don)〉에서 K가 파격적인 반삭을 했잖아. 이상하게 거기에 꽂혀가지고……. 심지어 K가 살도 쪘을 땐데. 다들 왜 저래 할 때 나만 혼자 좋아하게 됐어. 다들 이상하다고 하긴 했네. 그치, 심지어 동해가 비주얼 멤버였는데. 아니 근데 K도 비주얼이었다.

세연 그럼 언니가 생각하기에 그분의 매력 포인트는 뭐였어?

승현 나는 목소리. 슈퍼주니어가 라이브 잘 못 하는 그룹이라고 말이 많아서 사람들이 노래를 들어볼 생각도 안 하는데 걔 목소리 자체가 음색이 좋아. 허스키하고 되게 저음이고. 게다가 그때는 중학생이었잖아. 감안을 해줘야 돼. 약간 양아치 같지만, 츤데레처럼 챙겨주는 그런 느낌이 있으니까. 헉 오빠……? 짱……? 이런 느낌이었지. 웃기지.

세연 언니는 그분을 얼마나 좋아한 거야?

승현 제일 오래 좋아했지. 초등학교 6학년 때부턴가

★ 슈퍼주니어 팬클럽.

좋아했다가 고등학교 때까지 좋아했는데, 한 4년 정도 K만 제일 좋아했으니까. 최애였지 최애.

세연 언니가 생각하는 K는 어떤 사람이었어? 사람들이 생각하는 부분이랑 좀 다른 데가 있을까?

승현 그 사건 터지기 전부터 이미지가 조금씩 안 좋아졌어. 그니까 다들 알잖아? 기억나는 게, 〈라디오 스타〉에 K가 나왔는데, MC들이 아이돌 최초로 세 가지 키워드를 가진 아이돌 뭐 이런 식으로 장난쳤지. 그 키워드가 술, 여자, 그리고 하나는 뭐였는지 기억 안 나네? 아무튼 술하고 여자가 있었어, 거기에. 그땐 나도 좀 억울했지. 약간 프로그램을 위한 희생양이 된 느낌이었거든. 근데 지금 돌이켜보면 사람들이 정확히 보지 않았나 싶어. 그래서 지금 생각해보면 한숨이 나오지. 그니까 내가 왜 걔를 좋아했지?

세연 덕질이 인생에 어떤 영향을 주는 거 같아?

승현 덕질을 좀 포괄적인 의미로 보면, 뭔가를 열심히 한다는 거 자체가 되게 좋은 것 같아. 지금은 뭐 연예인을 좋아하는 걸로 한정해서 얘기하는 거지만 그게 인생의 활력소가 되면 정말 좋다고 생각해. 어쨌든 뭐든지 과유불급이잖아. 그러니까 누구를 맹목적으로 좋아하지 않고 나의 진짜 인생에 피해가 되지 않는다면 덕질은 진짜 좋은 거 같아. 행복하잖아.
내가 사랑하는 사람을 본다는 게.

세연   언니는 지금 덕질하는 사람 있어?

승현   지금? 지금은 딱히 없어. 지금은 현실이 너무 힘들어서
좋아할 마음의 여유가 없어. 그런 건 있어. 트라우마
아닌 트라우마. 그러니까 누구를 좋아해도 얘가 작은
실수를 하나 하잖아? 그러면 확 식더라, 덕심이. 아,
얘도 똑같은 놈이야, 얘도 똑같지. 그래서 슈퍼주니어
이후로 좋아했던 아티스트는 없어. 그냥 호감 수준에
머무르다가 마는 거 같아. 아, 그나마 제일 오래
좋아했던 게 톰 히들스턴. 톰 히들스턴이 나 재수할 때
버팀목이었어.

세연   아, 진짜 버팀목이라는 말이 무슨 뜻인지 너무 잘
알겠고 공감돼. 근데 이제 심각한 질문을 한번 해볼게.
K도 J 단톡방 멤버였잖아. 그거를 보면서 언니는 무슨
생각을 했어?

승현   처음에는 안 봤어. 그러니까 기사 제목만 보고
"아……" 이러고 말았어. 이게 또 트라우마일 수도
있겠다. 내 아름다웠던 학창 시절이 걔 때문에 퇴색된
거잖아. 처음에는 회피했지. 근데 또 지랄이네. 또,
또, 또! 아 그냥 열 받는다 하고 안 봤는데 어쨌든

나의 구오빠니까, 결국엔 한번 눌러보게 되더라고.
텔레비전에 나오면 그래도 한번 봐. 덕정 이런 게
있어서 그런가봐. 근데 단톡방 사건이 워낙 큰
사건이고 문제가 심각했잖아. 그 문제에 관심을
가지면서 자연스럽게 본 것 같아. 감상도 똑같았어.
또 지랄이구나. 근데 또 놀랍진 않았어. 그냥, 그래.
여기까지. 아까 예능에서 그랬잖아. 술, 여자라는
키워드가 빠지지가 않는다고. 그게 뇌리에 박혀
있었던 걸 보면 나도 어렴풋이 알고 있었을 수도 있어.
팬이니까.

세연　그럼 좀 더 거슬러 올라가서, 언니가 오늘도
얘기했듯이 K가 또, 또, 또 계속 일들이 터졌잖아.
근데 사실 처음엔 너무 의외라고 느꼈거나 충격이
컸을 거 같은데……. 그때 기억나?

승현　너무 오래된 얘기라서 이게 조금 헷갈리는데.
음주운전이 시작인지, 음주 뺑소니가 시작인지
아니면 폭행 사건이 같이 연루되어 있는지 명확하지
않아. 일단 심정은 기억나지. 너무 힘들었지. 왜냐면
나는 슈퍼주니어란 그룹을 진짜 좋아했거든. 당시에
슈퍼주니어에 대해서 폄하하는 사람들이 있었어. 나는
그것들도 너무 속상한 거야. 우리 오빠들의 가치를

몰라주니까. 한 그룹의 이미지가 아티스트로 굳어지지 않은 상태에서 그런 사건이 터지니까 절망했지. 너무 슬프지. 이거는 실제로 범죄인 거잖아. 정말 경찰서에 잡혀갈 만한 일인 거잖아. 그래서 힘들었지. 그래서 친한 팬 언니랑 얘기하고 둘이 막 전화하면서 펑펑 울고. 이게 무슨 일이야 이러면서. 사실 팬들도 피해자가 아닌가 싶어. 좋아했다는 죄로.

세연 팬들도 피해자라는 말을 자세히 설명해줄 수 있을까?

승현 직접적인 피해자라기보다는 2차 가해의 피해자라고 해야 되나? 어떻게 보면 부수적인 피해자들인 거야. 그 사람이 한 나쁜 짓까지 좋아했다는 생각이 드니까 팬들은 충격을 받지. 나에 대해서도 실망하게 되니까. 난 덕질도 중독이라고 생각하거든. 왜냐면 재밌어. 예를 들어서 가수랑 직접 접촉하고 싶어 하는 경우에는 단계가 있잖아. '저 팬 또 왔네?' 이렇게 해서 가수가 아는 척할 수도 있잖아. 그러면 관계가 점점 발전하면서 재미를 느낄 수 있는 거고. 아니면 나처럼 집 안에 있는 애들은 뭐 2차 창작물을 만든다든지 아니면 팬들끼리 얘기를 나누면서 덕질이 더 재밌어진단 말이야. 덕질이 풍부해져. 근데 가수의 잘못된 행동으로 그렇게 누리던 즐거움이 산산이 부서지는 거잖아. 내 안에 있던 그 사람의 이미지가 무너지고 실망을 안겨주니까 팬이었던 나까지도 싫어하게 되고, 그래서 팬들도 피해자인 것 같아.

세연 그런 사건들 이후 K의 행보는 어땠어? 그걸 또 지켜보는 심정은 어땠어? 왜냐면 K가 일이 터지고 잠잠해지면 또 나왔다가 또 터지고 그랬던 거 같거든.

승현 오히려 자숙을 더 했으면 좋겠다. 이 생각을 했어. 사건이 계속해서 터지는 건 반성을 안 했다는 얘기잖아. 음주운전이 습관이 된 거잖아. 그러니까 포기하게 되지. 그래서 나도 애정이 서서히 식은 것 같아. 그런 것을 너무 많이 봤고. 고등학교 입학 때랑 맞물린 시기 같은데, 2학년 때쯤 그냥 자연스럽게 접힌 거 같아, 마음이. 좀 씁쓸하지만.

세연 사건 이후에 생긴 트라우마가 있다면?

승현 진짜 확실히 덕질의 주기가 너무 짧아졌어. 그렇다 보니, 솔직히 덕질에 재미가 없어. 무슨 얘기냐면 나는 덕질 자체에 흥미를 느끼는데 덕질할 대상이 없다? 윤리적으로 결함 없는 사람이 어디 있겠어. 근데 자꾸 그런 사람을 찾는 거 같아. 나한테 보여주는 이미지만이라도 흠이 없는 사람을 찾는데, 근데 별로 없지. 별로 없고, 그렇게 믿어도 실언을 할 때가 있으니까.

세연 남성 연예인들이 줄지어 범죄를 저지르는 모습을
보면서 어떤 생각이 들어?

승현 우상에 대한 믿음 자체가 사라지고 있는 거 같아.
너네도 똑같지. 뭐, 다른 사람이겠어? 돈도 더 많은데
더 심하겠지. 어차피 다 거기서 거기일 텐데. 아,
근데 박유천(이하 P)은 좀 충격이었어. 왜냐면 나도 P
좋아했거든. 난 거의 카엘★이었어.

세연 그러면 슈퍼주니어 최애 K, 동방신기 최애 P?

승현 아. 그렇게 엉망으로 말하지 말아줘. 근데 맞아.
박유천 사건 터진 날 아직도 기억나. 당시 되게 친했던
친구가 카시오페아였거든. 걔가 내 덕질 메이트였어.
그런데 걔가 갑자기 '야 P 성폭행?', 이러면서 문자를
보낸 거야. 그래서 내가 '어? 에이 구라겠지'라고 했는데
JTBC 뉴스에 떴대. 무슨 소리야 했는데,
난리가 난 거야. 진짜 인터넷이 다 뒤집힌 거야.

세연 그럼 P에 K에 다 겪고 나니까 진짜 남자 연예인을
좋아하고 싶은 마음이 사라지겠다.

★ 동방신기 팬클럽 '카시오페아'와 슈퍼주니어 팬클럽 '엘프'를 합친 말로,
두 팬클럽에서 모두 활동하는 팬을 일컫는다.

승현 그러니까 정말 이미지만 소비하게 되는 거지. 그래서
     난 해외 쪽으로 넘어갔을 수도 있어.

세연 K한테 바라는 점 있어?

승현 그냥 조용히 살았으면 좋겠어. 자기를 좋아했던 사람들
     더 이상 괴롭히지 말고 모아놓은 돈도 많은데 그냥
     조용히 행복하게 살았으면 좋겠어. 결혼은 안 했으면
     좋겠고. 집에 인테리어 예쁘게 해가지고 힘들면 영화
     틀어놓고 보고, 와인 먹으면서. 술 먹으면 밖에 나가지
     말고. 음주운전 하니까. 사이버대학교 강의 신청해서
     윤리 강의라도 듣던지. 조용히 클럽 가도 되고
     술 마셔도 되는데 사고만 치지 마. 제발. 이제는
     타격감이 크지도 않다. 근데 기분은 조금 나빠. 네가
     뭔데, 내 기분을 나쁘게 해. 이제 내 오빠도 아닌데,
     너는. 네가 그렇게 잘생겼으면 다야?

세연 마지막으로 하고 싶은 이야기가 있어? 아니면 저한테
     개인적으로 하고 싶은 말도 좋고요.

승현 카메라가 있으니까 으아아! 이렇게는 못하겠고. 나는
     이건 있어. 슈퍼주니어들의 삶이 순탄히 흘러갔으면
     좋겠어. 그니까 이게 일말의 정인 거지. 정말 관심
     없거든. 근데 그래도 한때 좋아했던 사람들이니까,
     '나한테 피해 주지 마', 이런 거랑은 다른 개념으로 그냥

롱런했으면 좋겠어. 착하게 살면서. 그리고 나는
K 좋아하는 사람 나밖에 못 봤거든. 근데 나는
J 좋아하는 사람도 네가 처음이야.

세연 근데 우리가 친구야.

승현 응, 친구. 말도 안 되는 거지. 그러니까 퀼트라고 하나?
천쪼가리를 이리저리 모으고 기워서 그림을 만들잖아.
약간 그런 느낌이야. 이리저리 모으고 꿰매서, 짠!
잘못된 사람을 좋아했던 모임. 약간 그런 느낌인데?

세연 그게 이 영화야. K가 슈퍼주니어로 활동한 기간이 총
14년인데 그중에 문제없이 지냈던 기간이 데뷔를 했던
2005년 말부터 2009년 중순까지 고작 3년 반이고,
나머지 10년은 거의 1년 반에 한 번씩 사건이 터졌어.

승현 대박이다. 내 안목이 대박이잖아, 지금. 근데 나는
네가 이 영화를 만드는 거랑 같은 맥락으로, 여기에
출연한 계기가 그런 거야. 정면 돌파하는 거지.
나 같은 감정을 느끼는 사람들도 많을 거 아니야.
너 같은 감정을 느끼는 사람들도 많을 거고. 위로가
됐으면 좋겠고, 부끄러워하지 않았으면 좋겠고. 다
함께 정면 돌파하자, 이런 건 아니지만 그 시간을 두고
후회는 안 했으면 좋겠어. 왜냐하면 어쨌든 그때는
행복했으니까. 나한테 슈퍼주니어가 되게 큰 의미이긴

했어. 정말, 진짜로. 왜냐하면 아이디랑 비밀번호에
그대로 살아 있거든, 슈퍼주니어가.

세연 아이디는 뭐야?

승현 아이디는 내 영어 이름인데 비밀번호가 슈퍼주니어
관련된 거야. 그냥 슈퍼주니어에 관련된 단어가 통째로
들어 있어.

세연 뭔지는 안 가르쳐주네.

승현 아니, 비밀번호라서 말을 못 하는 거야. 그리고 어떤
습관이 약간 남아 있어. 어디 가서 숫자를 보면 13에
집착해. 슈퍼주니어 열세 명이거든. 그래서 한 명
빠지면 13-1=0이잖아.

세연 수학을 무시하는.

승현 그게 공식이야.

내 마음 속의
유죄라고

재원

클럽에서 여자 다리가 기둥인 줄 알고 만졌다는 모 연예인의 팬이었던 재원. 역시나 감독의 절친한 친구 중 한 명이다. 술 없이는 못 하는 이야기라고 하기에 특별히 요거트 막걸리를 만들어 먹기로 했다가 믹서기가 폭발하는 대참사가 일어난다. 충격을 뒤로하고 진지한 이야기를 이어가는 재원. "그냥 사람들은 잊는 게 편한가 보다." "돈 아깝다. 차라리 치킨 하나 사 먹지. 치킨 한 마리잖아, 앨범 한 장에." "우리가 뭐 기후위기에 대한 노래를 불러달라는 것도 아니고, 기아 문제에 대해서 가사를 써달라는 것도 아니니까 그냥 좋아했던 팬들한테 부끄럽지 않을 정도로만 했으면 좋겠다." 더 이상 좋아하는 연예인이 없다는 재원은 과연 덕질에서 진짜로 벗어날 수 있을까?

———
인터뷰 날짜 2019년 9월 18일

세연   근데 막걸리 안 먹고도 이야기할 수 있나?

재원   그러게(하하). 근데 술 마신다고 해서 비밀 이야기하는 타입은 아니니까, 괜찮지 않을까.

세연   솔직히 말해서 네가 가수 O를 좋아했다고 했을 때 좀 당황스러운 거야. 아. 얘도? 약간 이런 생각. 비슷한 상황을 경험한.

재원   내가 초등학교 때 좋아했던 애가 O를 닮았었어.

세연   닮아서 좋아한 거야?

재원   어.

세연   그럼 초등학교 때부터 좋아한 거야?

재원   초등학교 4학년 때부터.

세연   언제까지?

재원   음. 그냥 좋아하다가 사건 터지고 안 좋아하긴 했는데…… 사건 터지기 전에도 살짝 좀 휴덕기간? 그리고 터지고 나선. 아, 안 되겠네 이러고.

세연   O가 잘생겼나?

재원   잘생겼지. 아 모르겠음. 근데 걔랑 닮아서 좋아했던 거 같음. 생각해보니까 그 남자애 진짜 좋아했는데…… 그애를 닮은 O를 좋아했지.

세연   근데 걔 군대 갔더만? 도피한 거야? 아니면 때가 되어서 간 거야?

재원　군대, 가긴 가야지. 근데 뭐 나는 그 사건이 터지자마자
　　　그냥 좀 아니라고 생각했지. 술 마셨다고 범죄가
　　　용인되는 건 아니잖아. 그때부터 안 좋아했지. 걔가
　　　원래 진짜 부드러운 이미지잖아. 이름도 O고. 별명이
　　　두부거든. 근데 그런 짓을. 두부가 여자 다리를,
　　　두부가 성추행을!

세연　그때 내가 너한테 "무죄라던데?" 했을 때 네가 뭐라고
　　　했는지 기억나니? "내 마음 속에서는 유죄라고."

재원　무죄라고 해서 무조건 '아 그럼 다시 빨아야겠다',
　　　이렇게 생각하는 사람도 있겠지만 그냥 우리처럼
　　　생각하는 사람도 많을 것 같다. 근데 나는 법이랑
　　　상관없이 그냥 실망한 면이 있으니까. 그러니까,
　　　무슨 말이냐면 클럽에 갈 수 있어. 갈 수 있는데,
　　　술 취해서 다리를 만졌다? 이게 팩트잖아. 근데 자기
　　　주장으로는 고의가 없었다. 술 마셔서 술김에 그랬다.
　　　피해 여성이 선처를 원한다고 해서 무혐의가 된 거
　　　같더라고. 판결문 보니까 행동에 악의가 없다,
　　　고의가 아니다, 이런 이유로 풀려난 것 같던데.
　　　그럼 전혀 고의가 없고, 손이 잘못 나가서 그렇게 된
　　　거야? 여자를 존중하지 않는 사람을 내가 왜 굳이
　　　존중해야 하는 거지?

나는 진짜 정 떨어지던데. 안 그런 사람도 진짜 많더라.

그렇게 치면 J를 기다리는 사람도 엄청 많잖아.

J 기다리는 거에 비하면 O를 기다리는 건 약과지.

세연 O가 사건을 일으켰을 때 팬들이 팀에서 퇴출하라고

성명을 냈잖아. 니도 했나?

재원 퇴출 서명운동은 다 하는 분위기였고. 잘못이라고

생각했으니까 했지.

세연 그게 언제였어? 몇 살 때?

재원 고등학교 2학년 땐가 3학년 땐가. 잘 모르겠다.

그쯤일걸.

세연 만약에 J랑 O가 똑같은 범죄를 저질렀다고 기사가

나고, 둘 다 무혐의로 풀려났어. 그렇다면 너는 어느

쪽이 더 마음의 상처가 클 거 같아?

재원 똑같이 범죄를 저질렀을 때? 당연히 O겠지. O를 안

좋아했다고 해도, 제3자 입장에서 봤을 때 J는 그런

부드러운 이미지 마케팅은 안 했잖아.

세연 야…….

재원 내 편견인가? 미안. 근데 O는 대놓고 이름도 그렇고,

부드러운 이미지를 강조했잖아. 그런 콘셉트를 꾸준히

강조했단 말이지. 그런 사람이 그런 범죄를 저질렀다?

원래 알던 이미지와 너무 다르니까. 그냥 그런 이미지

메이킹을 안 하고 원래 나쁜 남자 이미지였으면 충격이
덜했을 수도 있지.

세연   아직도 남아 있는 O의 흔적이 있어?

재원   이건 내가 진짜 좋아했던 앨범이라 아직 갖고 있는데
진짜 너무 오랜만에 펼쳐봐서. 이거 원래 사면 잘
안 접는다. 구겨지는 거 싫어서. 이 앨범 좋아했지.
노래가 좋거든. 그리고 이거 콘셉트가 있다. 이거랑
이 다음에 나온 앨범이랑 대조되는 거야. 밝은 콘셉트랑
어두운 콘셉트. 옛날에는 더 자세히 알았는데 이제는
기억도 안 난다. 앨범 커버가 너무 예쁘잖아. 이것도
버려야지.

세연   계속 성범죄를 저지르는 연예인들 보면 무슨 생각 들어?

재원   왜 저럴까? 연예인이니까 그런 범죄가 더 부각되는
건데. 실제로는 그런 사람들이 얼마나 많고, 또
묵인할까 싶기도 하고. 연예인들이 범죄를 저지른
동기가 많나? 솔직히 말하면 성범죄를 저지를 동기를
운운하는 게 말이 안 되지만. 모르겠다. 그냥 연예인들
보면 저러지 말지 싶고. 팬들은 무슨 죄인가 싶고.
팬들은 그거 하나에 인생을 거는 사람도 있으니까.
말로는 팬들 사랑한다고 하면서 그냥 말뿐이었나 하는
생각이 들지.

세연 요즘 좋아하는 연예인 있어?

재원 연예인? 아니. 연예인 별로 안 좋아하는데? 얕게는
좋아할 수 있어도 엄청 좋아하진 않았던 것 같다.
그냥 뭐, 쟤 춤 잘 춘다. 멋있다. 끝. O 때문이라고
딱히 생각해본 적은 없지만 영향은 있겠지? 덕질을
해봤자 부질없는 거 아니까. 앨범 사고 이런 거는
이제 아깝다. 어차피 보지도 않는데. 지금 안 보잖아.
이사 왔을 때도 버릴까 말까 하다가 그냥 이 앨범 정이
많으니까 챙겨온 거야. 돈 아깝다. 차라리 치킨 하나
사 먹지.

세연 뭐가 치킨 하나야?

재원 앨범 한 장 가격이 치킨 한 마리 값이잖아.

세연 좋아했던 시간을 생각했을 때 더 하고 싶은 이야기
있어?

재원 다른 멤버들은 응원하고 싶은데, 같은 그룹에 있으니까
응원하기가 좀 그렇다. 멤버들이 진짜 열심히 하거든.
근데 응원하는 것만으로도 죄를 짓는 느낌이 들어.
성범죄를 묵인하게 되는 거니까. 무혐의라고 해서 죄를
가볍게 받아들이지 않았으면 좋겠고, 자기 행동의
사회적 파장이나 책임을 좀 인식했으면 좋겠다. 그리고
예능 프로그램에서 MC가 그걸 언급하는데 "아 그

일 있었잖아요?" 하면서 살짝 우스꽝스럽게 넘긴단 말이야. 그것도 솔직히 어이없고. 엄청 중요한 문제고 피해자한테는 인생을 망가뜨린 일일 수도 있는데. 그걸 유머 코드로 취급하니까.

세연 아직 O를 좋아하는 팬들이 많다면서. 그 얘기를 조금만 더 해줄 수 있을까?

재원 음, 솔직히 무혐의라고 하니까 말하기 조심스러운 상황이잖아. 그래서 사실 관계를 정확히 확인하고 말을 해야겠다 싶더라고. 왜냐하면 기억이 왜곡됐을 수도 있잖아. 그래서 다시 트위터에서 이름을 검색했지. 근데 아직 지지하는 팬들이 많더라고. 올해 초만 해도 검색했을 때 성범죄자, 성추행이라는 말이 꼭 나왔거든. 근데 이제는 또 안 나오더라고. 사람들이 너무 쉽게 잊는 건지 나만 예민한 건지.

세연 J도 복귀할까?

재원 못 하지. 솔직히 에바(오버)지. 죄질 자체가 다른데. 교도소 가면 아동 성범죄 저지른 사람들은 범죄자들이 대신 징벌을 한대. 교도소 안에서. 범죄자들 사이에서도 용납을 못 하는 범죄인 거지. 사실 도긴개긴이긴 하지만. 자기들도 이게 정도가 다른 걸 알잖아.

세연 마지막으로 하고 싶은 말은?

재원 팬들이 자기 우상을 너무 많이 좋아해서 나중에
부끄러워지지 않았으면 좋겠다. 부끄럽지 않을
정도로만 했으면 좋겠다. 그들에게 선행을 바라는 거
아니거든. 어디 가서 봉사하고 지구온난화 문제를
담은 가사를 써달라는 것도 아니고. 연예인들은 그냥
자기를 좋아했던 팬들이 부끄럽지 않을 정도로 처신만
잘하고 다녔으면 좋겠다. 자신들이 커다란 사회적
파장을 일으킬 수 있음을 인정하고. 그동안 해온 덕질
생각하니 너무 돈 아깝고 시간 낭비. 앞으로 안 해야지.

덕질은 그냥
행복한 거야

쥬쥬

얼굴도 이름도 밝히지 않지만 학교 로고가 선명하게 쓰여 있는 바람막이 점퍼를 입고 인터뷰에 응한 쥬쥬. 입만 열면 명대사다. 범죄 사실을 알고도 계속 좋아하게 되면 어떨 것 같냐는 질문에 "야 그건 마음대로 안 돼도 억지로 해야 해. 걔를 좋아하는 건 사회의 악을 돕는 거야. 그거 뭐하는 짓이야? 연민도 안 돼. 최악이야, 그건 정말." 이렇게 확실히 선을 긋고, 범죄자가 되어버린 oppa들에 대해 이야기하다가 한숨을 쉬며 바람을 말한다. "그냥 전자발찌 채웠으면 좋겠다. 아니면 전자팔찌나 전자목찌 같은 거 만들어가지고……." 범죄자에게 절대로 돈을 쥐여줘선 안 된다고 말하는 그녀에게선 강단이 느껴졌다.

———

인터뷰 날짜 2019년 11월 29일

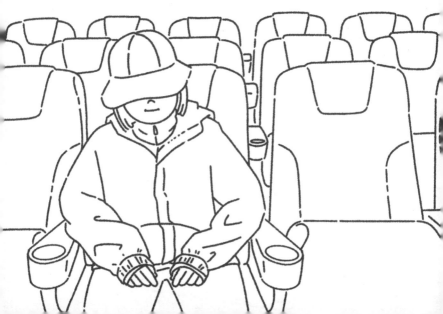

세연 요즘 뭐하고 지내고 있어? 일상도 좋고, 덕질
관련해서도 좋고.

쥬쥬 일상? 그냥 뭐 학교 다니고, 덕질은 하고 싶어도
할 수가 없는 그런 상황이고.

세연 강제로 휴덕 기간을 갖게 된 거잖아. 그러니까 어떤
사건들이 있었기에 지금 이런 상황에 놓인 거야?

쥬쥬 음, 말하자면 복잡하긴 한데, 올해초부터
〈프듀듀스X 101〉(이하 〈프듀〉)이 나온다고 해서
엄청나게 기대하고 있었지. 내가 진짜 열심히 좋아했던
사람이 그때 이한결이었으니까 진짜 열심히 홍보하고
돈 쏟아붓고 그랬거든. 결국 데뷔를 했어. 그런데
피디가 순위를 조작했다는 거야. 경찰서에 끌려가는
사진도 인터넷에 뜨고. 갑자기 그냥…… 그냥 갑자기
공중분해가 된 그런 느낌이야.

세연 최근에 덕질을 시작한 거잖아. 언니가 좋아하는
이한결은 어떤 사람인지 매력 포인트랑 입덕 계기.
이런 걸 좀 얘기해줄 수 있을까?

쥬쥬 일단 굉장히 유머러스하고 꾸밈이 없는 느낌. 원래
아이돌 보면 끼를 많이 부리잖아. 근데 나한테는 그게
너무 부담스러워서. 그냥 좋다, 잘생겼다 이런 생각은
했어도 딱히 그렇게까지 마음이 가진 않았거든. 근데

개는 자연스러운 몸짓 하나하나가 그냥 매력적인 거야. 춤추고 노래하는 모습이 멋있어서가 아니라 그냥 그 사람 자체를 좋아하는 거지.

세연 지금과 달리 한창 활발하게 활동할 때 있잖아. 그럴 땐 하루의 시작부터 끝까지 함께하잖아. 그런 팬의 하루 일과가 어땠는지 얘기해줄 수 있어?

쥬쥬 〈프듀〉할 때는 정말 일상생활이 불가능해. 내 하루가 침대에서 시작해서 침대에서 끝나. 아침에 일어나서 바로 온갖 커뮤니티를 다 들어가. 그래서 이한결 이름을 검색해. 누가 욕을 해, 심지어 검색 방지한다고 본명을 안 쓰거든. 그래서 이한결, 이원결, 이두결 막 다 검색해서 누가 욕을 한다? 그러면 하루 기분을 잡쳐. 밥을 먹으면서도 계속 스트리밍을 돌려. 직캠 순위 떨어질까봐. 그리고 실시간으로 '아 뭐 떴다' 하면 동작 하나하나 나노 단위로 분석하거든. 손짓이 어땠고 표정이 어땠는데 하면서 캡처하고. 좋다. 행복하다. 덕질이 이런 거지. 또 커뮤니티 들어가서 막 봐. 개 과거 사진, 뭐 이런 거 뜨면 이제 팬들이 착즙을 하잖아. 사진 하나 올려놓고 막 아기 호랑이 이러면서. 이빨 조금 튀어나온 사진 있으면 토끼 이빨 너무 귀여워 이러고. 그러면 나는 리트윗 하고 하트 누르고 다 저장하고 그러면서 혼자 망상하고. 그러다 생방(송하는 날)이 점점 다가오면서 미쳐버릴 거 같은 거야. 얘가 떨어질까, 붙을까. 진짜 매일매일. 팬들이 만든 지표 같은 게 있거든. 지금 얘의 직캠 순위며 리트윗 수가 어떻고, '좋아요'나 하트 개수 순위를 매겨서 주르륵 나열해두었는데 그런 거를 하루 종일 보다가 잠을 자면 꿈을 꿀 수밖에 없어. 그래서 진짜진짜 행복해.

세연 그러면 〈프듀〉 안 할 때는 일상을 어떻게 보내?

쥬쥬 그냥 갑자기 허무해. 생방송할 때 친구들이랑 술을 마시면서 봤어. 도저히 맨 정신으론 볼 수가 없는 거야. 애들은 지쳐서 먼저 잠들었거든. 근데 나는 잠을 잘 수가 없었어. 너무 기적 같아서. 계속 그 이름이 불리던 순간을 몇 백 번 돌려본 거 같아. 근데 끝나고 나니까 너무 허무한 거야. 나 이제 금요일 밤마다 뭐하지? 내 일상이 갑자기 텅 비어버린 것 같은 거야. 그래서 그다음부턴 뭐…… 데뷔할 때까지 또 기간이 좀 필요하니까. 그냥…… 기다렸지. 계속 기다리고. 어디서 애들 목격담 떴다 그러면 검색해서 하루 종일 보면서 머리끝부터 발끝까지 뭘 입었고 머리는 어떻게 바꿨고. 계속 데뷔 콘셉트를 두고 궁예 노릇하면서 지냈지.

세연 언니의 인생에 덕질이 어떤 영향을 주는 거 같아?

쥬쥬 어쨌든 누군가를 되게 좋아하는 거잖아. 좋아하고
응원하고 마음을 쓰는데 정말 진심이잖아. 그런 마음을
품을 수 있는 게 대단한 것 같아. 그래서 팬이 좀
대단한 사람들로 보여. 누구를 사랑하고 응원해줄 수
있는 마음을 품은 사람들. 그런 생각이 들어서 그냥
되게 훈훈해. 훈훈!

세연 이제 조금 심각한 이야기로 들어가볼게. 요즘에
이한결 출연했던 오디션 프로그램 조작 논란이 있는데
팬들 입장이 다양하다고 들었어. 언니는 어떤 입장인지
또 요즘 심정이 어떤지 궁금해.

쥬쥬 일단은 크게 두 가지로 나누면 팀을 해체하자, 반대로
활동을 강행하자는 입장이 있어. 또 더 들어가면
조작에 연루된 멤버들은 빼고 가자 그리고 원래
순위권에 들어갈 멤버들은 다시 넣어서 재정비하자
이런 입장들이 있어. 근데 나는 특별한 입장은 없고
결과를 무조건 받아들일 거야. 왜냐하면 모든 사람들의
말이 이해가 가. 한 사람이 아니라 그룹의 존폐를
두고 주장이 오가는데 여러 사람의 이해관계가 얽혀
있잖아. 그래서 나는 어떤 의견을 내기가 조심스러워.

근데 아까도 말했던 것처럼 이한결을 좋아하는 거는 똑같으니까. 걔가 어떻게 되든, 나는 그냥 내가 좋아해주면 되니까 상관없어.

세연 이 일련의 사건들 때문에 언니의 덕질에서 가장 큰 위기를 맞은 거야? 힘들어?

쥬쥬 응. 왜냐면 엑스원 멤버들이 상처받을 거 생각하면……. 1년 가까운 시간을 쏟아 부은 거잖아. 정말로 꿈을 이루고 싶어서 출연했고 그래서 되게 열심히 노력했고. 그런 시간들이 갑자기 물거품이 되는 것 자체가 정말 몹쓸 짓 같고. 그래서 팬들보다 본인들 마음이 더 아프다는 걸 아니까. 그게 너무 안됐어. 그냥 걱정되는 거지. 너무 상실감이 클 거 아니야. 좌절하고. 근데 조작 인정하고 나서도 공카★에 애들이 계속 들어오거든. 어떤 글들을 봤을까……. 근데 악플 많은 글이 네이버 메인에 올라오잖아? 아, 진짜 그러면 너무 힘들어. 솔직히 그 〈프듀〉를 제작한 게 CJ라는 대기업인데 왜 애들한테 화살을 돌려. 그리고 걔네 부모님은 또 어떻겠어. 생방송 때 부모님을 부르거든. 그래서 뭐 합격을 하거나 순위 부른다고 두둥두둥

★ 공식 팬카페의 줄임말.

난리할 때 부모님 비춰주거든. 잔인해. 부모님
얼굴들까지 다 나온 거잖아. 가족까지 다 농락한
셈이니까, 이건 뭐 말로 표현할 수가 없지.

세연   언니가 바라는 이한결의 미래는 뭘까?

쥬쥬   그냥 자기가 바라는 대로 살았으면 좋겠어. 나는 그냥
보면서 좋아하면 되니까. 히힛. 그냥 활동만 해줬으면
좋겠다. 그래야 주기적으로 볼 수 있잖아. 진짜
주접이지. 근데 인정. 어쩔 수 없어 덕질은 주접이 반
이상이야. 주접과 착즙. 진짜 하면 할수록 착즙력이 더
올라가. 항마력도 좀 쎄지고. 내가 이렇게 오글거리는
것도 좋아했다고? 근데 진짜 좋아. 좋은 게 정말
진심이야. 막 뭘 해도 귀여워. 뭘 해도 행복해. 그래.

세연   덕후가 아닌 사람들은 이런 마음을 잘 모르잖아.
어떻게 해야 그 사람들이 우리 마음을 이해할 수
있을까?

쥬쥬   그 사람들은 알 수가 없다고 생각해. 덕질은 처음에
이걸 하고 싶어서 하는 사람은 없다고 생각하거든.
어느 날 갑자기, 우연히 운명처럼, 딱 발견해서 서서히
스며드는 것이니까. 옛날에 덕질을 해봤는데 지금은 안
하는, 뭐 잠깐 휴덕이다 그런 사람은 이해할 수 있어도
그냥 덕질을 아예 안 해본 사람이면 우리 마음을

어떻게 알겠어. 모른다고 생각해. 나도 지금처럼 덕질하지 않았을 때는 그렇게 열광적으로 누구를 좋아하는 사람들이 그냥 신기했거든. 어쩌면 저럴 수 있지? 저런 2D 인간을 저렇게 좋아할 수가 있지? 진짜 이렇게 생각했단 말이야. 근데 지금은 아니야. 이건 운명이야. 운명이라고 생각해, 난. 나 잘했지?

세연 만약 이한결 때문에 상처받을 일이 생긴다면 어떻게 할 거야?

쥬쥬 생기지 않았으면 좋겠다. 절대. 만약에 생기면 일단은 옹호하기 위해서 기사 헤드라인을 바로 믿지 않을 테고, 어떤 음모라고 생각할 거 같아. 어떻게 해야 뭔가 조금 덜 상처 받고 사람들한테 이게 사실이 아니라고 알릴 수 있을까, 이런 생각을 하겠지. 근데 만약 사실로 밝혀진다면? 그냥 안 봐야지. 만약에 S나 J급의 행위라면 나는 바로 손절할 것 같아. 그냥 정이 떨어지지. 그거는 솔직히 옹호를 할 수가 없어. 만약에 내가 좋아하는 사람이 그런 짓을 했다면, 와…… 나는 그러면 너무 배신감이 들 것 같아. 앞에 했던 말 다 취소하고 손절할래.

세연 그게 언니 마음대로 될까?

쥬쥬 안 되지. 솔직히 진짜 충격받을 거 같거든. 너무 상처받고. 기분도 정말 안 좋을 거 같다. 그런데도 걔를 좋아하는 나 자신이 너무 부끄러울 것 같아. 왜냐하면 그래선 안 된다는 걸 알면서도 도와주고 싶은 거잖아. 내가 좋아했던 시간들이 있고 내가 걔를 잘 안다고 생각하니까. 근데 어쨌든 팩트는 그게 아니잖아. 그러니까 정신을 차려야지. 주변에서도 너 정신 차리라고 할걸. 마음대로 안 되도 억지로 해야 하는 일이야. 걔를 좋아하는 건 사회의 악을 돕는 거라고.

세연 최근에 남자 연예인들이 성범죄가 줄줄이 터졌잖아. 남자 연예인을 좋아하는 것이 불안하진 않았어?

쥬쥬 많지. 예전부터 많았어. 왜냐면 어떤 아이돌이 자기 팬 사인회 온 팬들 얼평★했다든지 그런 말들을 들었거든. 그래서 진짜 이것도 좀. 진짜 사랑을 받을 줄만 알지. 제대로 사랑을 느끼는지도 잘 모르겠고. 그런 생각을 많이 했어. 걔네들은 자기를 좋아해주는 사람들 덕분에 돈을 벌었고 명예도 얻었기 때문에 물불을 안 가리는 거잖아. 그래서 그런 짓을 아무렇지도 않게 했고. 정말 괘씸해. 덕질 같이 하는 친구랑 이런 말을 하기는 해. 얘도 알고 보면 그런 새끼 아니야? 이 새끼도

★ 얼굴 평가의 줄임말.

다 똑같겠지? 야 우리 너무 마음 주지 말자. 너무
좋아하지 말자. 나중에 상처받으면 어떡해. 이런 말.

세연   어떻게 하면 행복하게 덕질 할 수 있을까?

쥬쥬   어떻게 하면? 아까도 말했듯이 덕질은 그냥 행복한
거고 어떤 방법이 필요하지 않아. 그 사람이 계속
활동하고, 은퇴를 하지 않는 이상 또 어떤 범죄를
저지르지 않는 이상 덕질은 항상 행복한 거야. 물론
누군가 좋아하는 사람한테 욕을 하기도 하고 가끔
불행해지긴 하지만. 그래도 얼굴 보면 금방 행복해져.
그래서 덕질은 행복한 거야. 행복해. 재밌어. 기분
좋아.

아무튼 뭐
잘해보세요

혜영

빅뱅의 팬이었던 혜영. 작고 동그란 눈으로 욕을 하는 것 같은 특별한 장기가 있다. "우리 오빠는 깨끗하고 순진한 사람이에요, 라고 생각했는데 어떤 드러운 사건에 연루됐어. 그럼 당연히 상처 받지." "빅뱅의 막내 멤버로서 부담이 굉장히 컸을 텐데 고생 많았고 죄를 지었으니까 벌은 달게 받아라. 죗값은 꼭 치러야 한다." "이미 지은 죄들은 어떻게 씻을 수가 없죠. 낙인처럼 찍혀 있는 거고. 처신을 정말 잘 해야 된다고 생각합니다. 잘해보세요." 이렇게 범죄에 대해 강경한 생각을 밝히는 그녀는 왠지 모르게 하는 말마다 웃기다.

———

인터뷰 날짜 2020년 2월 16일

세연 언니, 이 영화에 어쩌다가 출연하게 된 거야.

혜영 네가 빠순… 팬이었던 친구들을 찾고 있다길래 이렇게 왔지.

세연 언니는 누구누구 팬이었지?

혜영 빅뱅의 팬이었지.

세연 빅뱅 입덕 계기를 들려주세요.

혜영 초등학교 4학년 때, 엄청 피 튀기는 팬덤 전쟁이 있었어. 동방신기랑 빅뱅 팬덤이었는데 어쨌든 친구들이랑 놀려면 나도 어느 팬덤에든 껴야 했어. 친한 친구들이 다 빅뱅 팬이어서 나도 빅뱅을 팠지. 당시에 나한테는 그 사람들은 너무 멋있는 어른인 거지. 무엇보다 패션이 진짜 센세이션이었는데 하이 탑 스니커즈, 패딩 조끼, 모히칸 헤어, 투 블록, 뭐 이런 것들이 너무 멋있더라고. 음악도 정말 좋고. 그래서 자연스럽게 빠져들었지. 빅뱅이 콘서트하면 그 일대가 몇 시간동안 마비되는 건 기본이었어. 상암 월드컵경기장 콘서트도 바로 매진되었고. 그런데 그때 팬클럽 VIP가 무개념이라고 욕도 엄청 많이 먹었어.

세연 그런 팬덤은 무조건 따라오는 거 같아.

혜영 나도 무개념이었던 거 같애. 그때 샤이니월드라는 샤이니 팬덤이랑 되게 싸웠던 기억이 나. 샤이니가 처음

나왔을 때 스키니진에 하이 탑 스니커즈 패션이었는데,
그게 빅뱅이랑 겹친다고 본 거야. 그래서 그때 VIP가
샤이니월드에 제동을 걸었던 걸로 알고 있어. 그래서
사이도 안 좋아지고. 다른 연예인들도 VIP라고 하면
싫어했던 것 같아. 그런데 시간이 점점 흐를수록 나도
쿨해지는 거야. 그들이 연애를 하든 말든 신경도 안
쓰여. 근데 한창 전성기에는 그랬지, 그랬어. 오죽하면
빅뱅 응원봉조차 무기라고 했겠어.

세연 여전히 이런 애들 욕 먹잖아.

혜영 그래, 비슷한 것 같아. 팬클럽에는 어린 친구들이
많으니까.

세연 언니가 어릴 때 대전에 살았잖아. 지방이라 적극적으로
덕질하는 데 어려움은 없었어?

혜영 일단 팬 사인회 팬 미팅은 거의 못 갔지. 기회가 별로
없었고. 그래도 새 앨범 나오고 콘서트 열릴 때 버스를
전세 냈어. 새 앨범에 수록된 곡을 MP3 기기에 넣어서
버스 안에서 그거만 듣는 거야. 왜냐면 콘서트 가서 다
따라 불러야 되니까. 콘서트 가면 겁나 떼창 하는 거지.
경호원들이 조용히 하라고 하면서 혼내고 그랬어.

세연 언니는 덕질하면서 제일 행복했을 때가 언제야?

혜영 그들이 좋은 노래로 보답할 때. 수록곡까지 다 좋을 때.

나는 원래 아이돌 노래는 타이틀곡만 들어. 근데 빅뱅
앨범은 수록곡까지 다 들어. 왜냐면 수록곡도 다 너무
좋거든. 오히려 타이틀곡보다 수록곡이 더 좋을 때도
있고. 컴백을 자주 하는 팀도 아니고, 정규 앨범이
많지도 않아서 소속사를 욕하기도 했지만 앨범이
나와서 들어보면 노래들이 다 너무 좋아. 그럴 때가
제일 기억에 남지. 그리고 콘서트 갔을 때 자기들끼리
패러디 드라마를 찍어서 보여줘. 팬들을 위해서.
우리를 위해 이런 것도 하는구나 싶어서 행복했지.

세연   근데 S가 2019년부터 엄청 큰 사건의 중심에 있었잖아.
근데 사실 그전부터 불안한 일들이 많기는 했잖아.
일련의 사건들을 보면서 언닌 어떤 마음이었어?

혜영   내가 빅뱅을 진짜 좋아했던 시절이었다면 어땠을진
모르겠다. 근데 성숙한 시각이 생기고 나서 보는데,
아 진짜 이거는 용서할 수 없겠구나, 싶었어. 이전에도
엄청 논란이 많았잖아. 소속사 YG든, 빅뱅이든.
그때는 다 이겨냈다 그런 식 아니면 군대 갔다 오거나
자숙하거나 했지. 활동을 오래 안 하니까 더 쉽게
잊힌 면도 있는 거 같아. 또 워낙 자잘한 논란들이라
사람들이 금방 잊기도 하는 듯도 하고. 그거 무죄라고
나오지 않았어요? 그랬나? 이렇게. 근데 이제는 그렇게

할 수도 없잖아. 사람들도 옛날만큼 호락호락하지 않고.

세연 S 말고도 빅뱅 관련된 사건들이 많았잖아. 언니가 덕질을 하는 도중에는 그런 일이 없었어?

혜영 중3 때, 다른 멤버의 대마초 논란이 있었지. 그때는 마약 투약 행위가 나한테는 그렇게 큰 잘못으로 다가오지 않았어. 또, 누가 줘서 담밴 줄 알고 피웠는데 알고 보니 대마였다더라, 이런 식으로 기사가 나왔거든. 그래서 이렇게까지 엄격해야 되나? 생각했던 거 같아. 근데 나중에 알고 보니까 대마라는 게 냄새가 너무 강해서 딱 봐도 일반 담배랑 다르다는 걸 알 수 있다고 하더라고. 당시에는 얘가 피운 것은 인정하지만 초범이고 고의성이 없어서 처벌을 안 받았나 그랬던 거 같아. 그렇다 보니 나도 어린 마음에 옹호를 했는데 그후에 또 다른 멤버의 사건이 터졌어. 교통사고. 그래서 무서운 별명들이 다 붙었어. 나는 빅뱅이 윤리적으로 잘못된 행동을 했음을 알면서도 초등학교 때부터 좋아했던 사람들이 이렇게 타락했다는 걸 인정하기 힘들었던 거 같아. 그래서 옹호하기도 했던 것 같아.

세연 그런 일들이 있었을 때 정신적으로 상당히 흔들렸을

텐데 그래도 마음을 다잡고 좋아할 수 있었던 이유는
뭘까?

혜영 이렇게 지탄받을 정도로 잘못한 일인가 하고 생각했던
거 같아. 어. 그래요. 대마초 피운 거, 과속해서
사람 친 거 잘못이야. 근데 이게 온전히 그 사람만의
잘못일까? 걔한테 대마를 준 사람도 잘못이 있고,
비 오는 날 음주운전을 한 사람도 잘못이 있을 테고.
뭐 이런 식의 무서운 생각을 했던 거 같아. 무엇보다
콘서트 갔을 때 기억이 떠오르는 거야. 콘서트에서
떼창 했던 우리들. 앵콜 하면 들어갈 것처럼 했다가
다시 나와 노래 부르는 사람들. 그리고 굿즈들. 이 가수
때문에 썼던 시간이나 돈들이 이토록 더럽게 물드는
게 싫어서 어떻게든 그 사람만의 책임은 아니라고
호도하려 했던 거 같아. 소속사 탓도 하고. 그런데
이제 그런 색안경을 다 벗어버리고 다시 보니 명백한
잘못이다 싶어.

세연 언니는 팬이 스타를 좋아하는 게 연애 감정이라고
생각해?

혜영 이름도 아이돌이잖아. 진짜로 우상인 거지. 그래서
유사 연애라기보다는 너무 친한 오빠, 뭐 이런 느낌이
아닐까? 근데 솔직히 친한 친구가 아무 말도

없다가 갑자기 '나 결혼해' 그러면 서운하잖아.
그런 마음 아닐까? 어쨌든 자본주의 사회에서 아이돌
역시 가수긴 하지만 그 사람들의 음악적인 재능을
성취한다기보다 대형 소속사에서 제공하는 맞춤
서비스가 있잖아. 앨범 발매부터 시작해서 콘서트,
팬 미팅, 팬 사인회 등등 거기에 들인 자본이 있으니까.
그런 걸 생각하더라도 소비자에 대한 예의를 지켜야
한다고 생각해. 뭐 누가 연애든 결혼이든 하지 말래?
자기가 정말 좋아하는 사람이 아무 말도 없이 갑자기
파괴력이 큰 발표를 해버리면 나는 너무 서운할 것
같아.

세연 숱한 문제들도 불구하고 계속 이렇게 남돌★ 덕질하는
사람들이 많잖아요. 그런 것에 대해서 어떻게
생각하세요.

혜영 이성애자라면 어쨌든 남성에게 매력을 느끼는데
주위에 매력 있는 남성을 찾기가 힘들잖아. 아이돌
분들은 엄청 관리를 받으니까 외적인 매력에 반해 끌릴
수 있지. 게다가 음악적 능력까지 있으면 더 빠지게
되지. 그렇기 때문에 모순이 있을 수 있어. 환멸을

★ 남자 아이돌의 줄임말.

느끼는데. 남자 아이돌 좋아하는 거. 하지만 그들이
그냥 남자라서 좋다기보다 예쁘고 멋진 남자라서
좋은 게 아닐까? 멋지다는 것은, 외모뿐만이 아니라
가창, 댄스, 랩핑 혹은 지적인 능력 등등 다양한 능력에
대한 말이겠지. 내 친구들 중에도 그런 애들 많아.
여성문제 관심 많지만 남자 아이돌을 좋아하는.

세연 S 팬은 아니었지만 어쨌든 좋아하던 그룹의
멤버였잖아요. 그런 S를 보면서 어떤 생각이 들었나요?

혜영 그동안 본인도 불안했겠다 싶어요. 다른 멤버들처럼
인기나 능력이 두드러진 사람도 아니었으니까.
불안해서 사업이든 외국어든 이것저것 많이 한 걸로
생각되고. 본인이 일본 가서 맛있게 먹었던 음식을
한국에도 알려주고 싶어서 라멘집을 차렸을 정도인데
그렇게 순수한 의도를 끝까지 유지했으면 좋았을
텐데. 이렇게 되어서 너무 안타까워. 그동안 진짜
고생 많았고 빅뱅의 막내 멤버로 부담이 굉장히 컸을
텐데 고생 많았고. 죄를 지었으니까 벌은 달게 받아라.
죗값은 꼭 치러야 된다고 말해주고 싶어.

세연 또 하고 싶은 얘기 있으세요?

혜영 연예인들은 대중들에게 알게 모르게 영향을 줘. 그들의
말 한 마디에 많은 사람이 선한 영향을 받을 수 있고

반대로 악한 영향을 받을 수도 있기 때문에 책임감을 가져야지. 스타가 됐다면 마냥 본인의 쾌락과 흥미를 쫓지 말고 사회적 대의를 실현하는 데 힘써야 하지 않을까. 그래야 조금 더 건전한 팬덤 문화가 형성되고 사건 사고들이 줄지 않을까 싶어. 음악 말고도 신경 쓸 게 많겠지만 좀 더 건전한 아이돌 팬덤 문화를 형성하기 위해 다들 노력해야 된다고 보는 입장이야.

세연 저 갑자기 물어보고 싶은 게 생겨서 한 번 더 이어갈게요. 아니 근데 아직도 빅뱅 멤버로서의 S를 원하는 팬들이 있는 거 아시죠. 어떻게 생각하세요.

혜영 같은 여자로서 아무 생각이 안 든다고? 아니 당신이 팬이기도 하지만 그전에 당신의 물리적 성별을 생각해보세요. 당신 주변 여자들이 이처럼 거대한 힘을 가진 사람들한테 착취당하고 이용당하고 심지어 죽어가는데 말이에요. 그들은 그래도 S를 품고 갈 거라는 생각이 들어. 죗값을 달게 받은 사람도 아니고 어떻게든 빠져나갈 구멍만 찾고. 내가 그런 사람이 아니라 다행이다, 분별력이 있어서 다행이다, 이런 생각이 들어.

세연 빅뱅도 다사다난한 시간들을 많이 보냈잖아요. 빅뱅을 어떻게 생각하는지 말해주세요.

혜영   이미 지은 죄들은 어떻게 해도 씻을 수가 없지.
      낙인처럼 찍혀 있는 거고. 그렇기에 빅뱅은 정말
      요주의 인물들일 거예요. 그러니 더더욱 처신을
      잘해야 된다고 생각해. 예전처럼 팬들이 다 안고 가지
      않아. 아, 외국 팬들은 모르겠다. 외국 팬들은 여전히
      좋아하더라고. 근데, 국내 팬들을 다르거든요. 이제
      사건 사고에 진짜 민감하게 반응하고. 본인들 처신을
      잘해야지. 근데 굳이…… 돈 많이 벌었는데……. 아무튼
      뭐 잘해보세요.

불안하지만
일단은 믿어

민경

감독과 함께 정준영의 팬이었던 친구. 지난날을 돌아보며 서로의 첫인상이나 팬 카페 닉네임, 함께했던 여행에 대해 이야기한다. 사건 이후에도 덕질을 하면서 불안하지 않느냐는 질문에, 항상 불안하다면서도 좋아하는 연예인을 믿어주고 있다는 민경. 살아 있는 사람은 영원한 우상이 될 수 없다고 말한다. 그렇기 때문에 정약용 선생님을 존경한다는 그녀는 조금 엉뚱하다. 촬영 초반, 정준영에게 나가 뒈져라고 말한 뒤 이렇게 말하면 안 되는 거 아니냐고 멋쩍어했던 민경은 1년 반이 지난 후, 더 이상 화도 안 난다고 말한다. 어쩌면 진짜로 시간은 약일 것이다. 물론 그 시간이 이미 경험한 감정마저 퇴색시킬 수는 없지만 말이다.

인터뷰 날짜 2020년 11월 11일

민경 쭌내야!

(민경, 세연을 부른다.

수영강변을 걸으며 인터뷰를 이어간다.)

세연 야, 쭌내세가 뭔 뜻인지 아나?

민경 어. 쭌영만이 내 세상, 그거 아냐? 정준영(이하 J)
〈그것만이 내 세상〉 불렀을 때. 어휴.

세연 나 처음 봤을 때 어땠어?

민경 그땐 좀 어렸잖아. 누구나 눈에 띄고 싶어 하는 마음이
있는 시절이고. 내가 좋아하는 연예인에게 눈에
띄어서 어떻게든 관심받고 싶어 하는. 그런 마음들이
있어서 되게 네가 먼저 보였다. 그때 네가 한복을 입고
있었나? 나는 그런 생각을 못 했거든. 그리고 너는
전교 1등을 했잖아. 나는 덕질을 하면 덕질에 정말
모두 쏟아 부어야 했거든. 물론 너도 그랬겠지만. 근데
넌 공부까지 잘한다는 거야. 어쨌든 전교 1등이라는
타이틀이 너무 멋져 보였다. 나도 저렇게 튀고 싶다
그런 생각도 했었지.

세연 예전에 내가 거제도 간다고 글 올렸잖아. 그거 보고
어떤 사람이 연락해서 밥 사준 일 기억나나?

민경 어. 그분이 자기 이름 이야기하고 완전 비싼
레스토랑에서 밥 먹으라고 했지. 식사 대접하고 싶다고

하셔서. 진짜 덕질이라는 하나의 끈으로 이어진
인연인데도 밥도 얻어먹고 다녔다.

세연 와 맞아. 참 대단하다.

민경 그리고 그때 너 기타 친다고. 콜튼가? 맞지? 콜트 기타
사가지고.

세연 맞아. 너한테 배우러 갔잖아.

민경 근데 안 배웠지. 기타가 부러져서.

세연 맞아. 내가 거제도 도착해서 화장실 갔다가 기타
떨어뜨려서 부서지고. 사실 기타를 배우려는 생각은
없었거든. 그냥 너랑 놀고 싶은데 사진 찍을 때도
약간 J처럼 멋있게 하고 싶어서 그랬지. 가죽 재킷
입고 갔었지. 엄청 추운데 가죽 재킷 한 개만 딱 입고.
그리고 기타 가방 메고 다니면서 나 혼자 멋있다고
착각하고.

민경 세연아. 나 옛날 사진 보면 항상 가죽 재킷 차림에
이렇게 하고 있음. 락앤롤.

세연 악, 맞아. 우리 맨날 그랬다. 진짜 따라 하고. 좋아하면
따라 하게 되어 있으니까. 어떻게든 끼워 맞추게 되고.
내가 그 사람처럼 되고 싶고. 지금 생각해보면 웃긴데
그때는 진지했잖아.

민경 그 시절에 제일 친한 친구가 너였던 것 같다. 가장

좋아하는 걸 함께 나눌 수 있었던 친구. 공감할 수
있었으니까. 지금은 그렇게 공감할 사람이 없지.
그래서 내 맘대로 단톡방에 좋아하는 연예인 사진
뿌리고 그러는데 그게 안 채워지더라.

세연 맨 처음에 어떻게 J를 좋아하게 됐어?

민경 〈슈퍼스타K 4〉를 전 국민이 봤잖아? 그때 J라는 사람의
잔상이 남아 있었단 말이야. 되게 잘생겼어. 눈이
커다랗고 키도 크고. 처음엔 외모가 맘에 들었지. 근데
좋아해보니까 너무 매력적인 거야. 진짜 락스피릿에
자유롭고 노래도 잘 부르고. 그때 J 좋아한다고 하면
사람들이 왜 좋아하냐 그랬었거든. 〈얼짱시대〉 때부터
굳어져 있던 이미지가 있으니까 나 혼자 변명하기
바빴어. 그런 사람 아니다 하면서. 자기만의 세계가
있고 음악도 열심히 하고 기타도 잘 치고. 뭐 중국에서
유학도 했고 아버님은 외교관인 데다 되게 괜찮으시다
그렇게 변명하기 바빴지.

세연 니가 생각하는 걔의 매력 포인트는 뭐야?

민경 남의 눈을 신경 쓰지 않는 거. 하고 싶은 일 다 하고.
그때 하고 다녔던 모습이 정말 자유로웠거든. 슬리퍼
신고 커다란 후드 티에 트렁크 같은 거 입고 '보이는
라디오' 출연하러 가고. 일반적인 연예인하고는 조금

달랐어.

세연 그치. 우리는 화려하게 빛나는 연예인만 봐왔으니까.

민경 그리고 진짜 능글맞은 거 알지? 끼도 많고. 하, 그런
매력이 있었음. 윙크 한번 날려주고 자기 혼자 토크
콘서트 같은 데서 우리랑 밀당하고 그랬잖아.

세연 아, 맞아. 그런 걸 잘했다. 그런 게 사람을 미치게 했다.

민경 어 진짜. 한 번 웃어주면 좋아가지고. 매일 기계같이
웃는 그런 사람이 아니라 진짜 자기가 좋아야
웃으니까. 더 애달프게 하고 사람 미치게 하고 그랬던
거 같아.

세연 걔한테 받은 영향이 있어? 아직도 남아 있는 거?
지금은 없어졌어도 괜찮고.

민경 나는 J가 '보이는 라디오' 나올 때마다 불렀던 노래,
〈서시〉, 이런 명곡들 아직도 좋아하지. 우리 세대
노래가 아니라서 그때가 아니었으면 접하지 않았을
노래들이거든. 근데 J 덕에 〈그것만이 내 세상〉〈서시〉
〈모나리자〉, 이런 노래들을 접했고 아직도 듣고 있다.
원곡으로 듣고 있지. 그때 자기가 좋아하는 가수들
있었잖아. 뭐 YB, 라디오헤드. 우리가 그 나이에 접할
수가 없었던 롹 스타들, 외국 가수들 노래 엄청 많이
들었지. 그것들 아직도 좋아하고. 그리고 나는 기타로

J 노래 다 쳤지, 그냥. 끈기가 없었지만 J 노래는
끝까지 쳤다.

세연   이제 심각한 얘기로 잠시 넘어가서 단톡방 사건이
2019년 3월에 터졌잖아.

민경   처음에 안 믿었어. 왜냐면 내가 기억하기로는
2016년도에 걔가 불법 촬영 영상을 찍었는데
합의하에 찍었다고 풀려났거든. 그래서 처음에
J 욕하는 사람들을 악플러라고 생각하는 분위기였단
말이야. 설마 그랬을까, 그런 생각을 했어. 그리고
한창 〈1박2일〉, 〈짠내투어〉 같은 프로그램에 나왔거든.
거기서 센스 있고 매너 있게 나와서 뿌듯해하고
있었지. 근데 그런 사건이 터져서 엄청 충격이었다.
아, 이거는 진짜. 이제 남자는 아무도 믿지
못하겠구나, 생각될 정도로 타격이 컸지.

세연   그럼 처음에 안 믿다가 어떻게 믿게 된 거야? 증거들이
있어서?

민경   어. 증거들이 있어서 믿게 됐고, 문제가 된 연예인들이랑
패거리였잖아. 또 문제의 카톡을 보낸 게 확실하다
이렇게 나오니까 정말 미친놈이구나 했지. 당연히
배신감이 들었지. 정말 믿었던 가수고 학창 시절에
보낸 대부분의 시간이 그 사람한테 맞춰져 있었는데

이제는 그런 시간을 떠올리면 범죄자라는 생각이 들잖아. 그런 배신감이 컸지. 그리고 범죄의 수준이 너무 끔찍하잖아. 인간이라면 절대 할 수 없는 짓이니까. 걔는 그냥 사람들을 기만한 거야. 팬들도 기만했지만 여성 자체를 기만했고 얼마나 세상을 만만하게 봤으면 그런 짓을 했을까.

세연 J한테 하고 싶은 말 있어? 팬이었던 사람으로서 앞으로 어떻게 했으면 좋겠다, 그런 거 있으면 말해줘.

민경 정말 큰 범죄를 저질렀잖아. 근데 지금 5년이 구형됐잖아? 그게 정말 이해가 안 가거든? 더 큰 벌을 받았으면 좋겠고, 워낙 뻔뻔한 새끼라 5년 안에 절대로 반성하지 않을 거란 말이야? 또다시 그 패거리로 뭉칠 수도 있어. 더 강한 처벌이 내려져서 걔가 다시는 연예계에 나오지 않았으면 좋겠어. 그러니까 보이지 않았으면 좋겠어.

세연 다시는 안 보고 싶다?

민경 어. 안 보고 싶어.

세연 그래도 예전에 좋아했던 사람이라 뭔가 짠한 느낌, 그런 것도 있어?

민경 아니. 전혀 없어. 좋아했던 사람이지만 나도 한 여성이잖아. 짠한 느낌은 조금도 없어. 그 새끼한테

정말 일말의 공감도 할 수 없어. 그건 내 도덕적
가치관에 맞지 않아.

세연 어. 정말 맞는 말이다. 근데 그게 잘 안 되는 사람들이
있잖아.

민경 나도 솔직히 그런 사람들 보면 '왜 옹호하지?' 이런
생각을 하지. 근데 그런 사람들도 처음엔 옹호하더라도
나중엔 자연스럽게 잊어. 나름 탈덕하는 과정을 거치는
게 아닐까? 그냥 그러려니 한다. 근데 만약에 네가
그랬더라면 한마디 했을 거야.

세연 뭐라고?

민경 세연아…… 쭌내세. 정신 차려. 걔 범죄자야. 왜 걔를
옹호하고 있어?

세연 나는 다시는 덕질을 못 하겠다는 생각이 딱 들더라고.
왜냐면 아까 말했듯이 배신감 때문에. 뒤통수를 세게
얻어맞은 것 같더라고. 너도 그런 생각이 들었니?
진짜 이제 연예인 좋아할 수가 없겠다.

민경 어. 그런 생각이 들었을 뿐만 아니라 내 연애관에도
영향을 줬지. 공인인 연예인도 저런데, 드러나도 별반
질타를 받지 않을 일반인들은 어떨까? 이런 생각이
연애의 가치관에도 영향을 주고. 그때 다짐했지. 남자
연예인을 좋아하지 말자고.

세연 그 다짐이 오래 갔나?

민경 아니. 결국엔 또다시 좋아하게 되더라. 지금은
플라이투더스카이. 6년 정도 됐다. 사실 그들도 일이
많았는데 그럴 수 있다고 받아들일 정도였어. J는 그게
아니었고.

세연 그치. 어떤 사람들이 이런 얘기를 하는 거야.
연예인에게 너무 과하게 도덕적인 잣대를 들이대는
거 아니냐고. 근데 옆집 아저씨가 했든 J가 했든 누가
했든, 너무나 잘못된 범죄 행위잖아,

민경 맞아. 그리고 공인은 자신에게 더 높은 도덕적 기준을
적용해야 하지 않나?

세연 그렇지. 왜냐면 노래든 춤이든 사람들한테
보이는 걸로 돈을 벌고 살아가니까.
근데 그런 건 없어? 다시 덕질을 하면서도 좀 불안한?

민경 사실 맨날 불안해. 지금도 불안해. 내가 좋아하는
연예인들 인스타그램 보면서 불안해하고. 그리고
J뿐만이 아니라 좋아했던 연예인들이 있거든. 조금 더
얕게 좋아한 연예인들이 강성훈,

세연 엥? 강성훈?

민경 박유천,

세연 어……?

민경 　 그리고 용준형.

세연 　 야. 니 뭔데.

민경 　 그래서 친구들이 나한테 "네가 좋아하는 연예인은 다 터지네?", 이런 이야기를 하더라고. 맞는 말이지만 어찌 보면 남자 연예인들이 좀 일을 많이 일으키기도 하잖아.

세연 　 그렇지. 네 잘못이 아니라 그만큼 많이 터지는 거지.

민경 　 응. 그래서 되게 불안하지만 솔직히 일단은 믿는다. 일단 내가 좋아하는 연예인은 믿고 있다.

세연 　 우상들이 많이 몰락했잖아. 누군가에게 믿음과 사랑을 받았던 사람들이 실망스러운 짓을 하는 것에 대해 어떻게 생각해?

민경 　 솔직히 그냥 그럴 수 있다고 생각해. 인간이니까, 실수는 할 수 있다고 생각하지. 또 그들이 실수를 했다고 해서 예전에 내가 받았던 영향이나 기억들이 사라지는 건 아니잖아. 그건 나를 위해서라도 잘 보관해야 하니까. 너무 나쁜 실수를 저지르기 전에 쌓아둔 것들은 어느 정도 받아들이고. 다른 사람을 또 우상으로 영접하고. 이런 과정이 반복되는 거 아닐까? 솔직히 개인적으로 살아 있는 사람은 영원한 우상이 될 수 없다고 생각해. 예를 들어서 나는 진짜 인생에서 존경하는 사람이 있거든? 정약용 선생님.

세연 정약용?

민경 어. 실학자. 정약용 선생님은 이미 돌아가셨기 때문에.
위대한 업적에 오점을 남기지 않잖아. 그래서 내가
그분을 존경할 수 있었던 거지. 내가 정약용 선생님과
같은 시대를 살았고 선생님에게 어떤 오점이 있었다면
존경하는 마음이 바뀌었을 수도 있잖아. 그래서 진짜
영원한 우상은 이미 돌아가신 분들뿐이고 우리가
우상으로 삼는 이들은 언제든지 바뀔 수 있다고
생각해.

세연 성공한 덕질은 어떻게 해야 하는 걸까?

민경 어렸을 때는 무조건 좋아하는 연예인이 나를
알아봐주는 게 성덕이었어. 알지? 지금은 그게
아니라 연예인을 통해서 내 삶이 성장할 수 있다면
진짜 성공한 덕질인 것 같거든. 그리고 이렇게 멀리
떨어져서도 진심으로 그 사람의 삶을 응원해줄 수
있다면 되게 건강한 덕질이라고 생각한다. 덕질을
한다는 거 자체가 한 사람의 삶에 들어가서 그걸
내 삶으로 돌리는 일이잖아. 그것 자체는 동경할
만한 일인 듯해. 근데 우리가 인간이듯이 이 사람도
인간이라는 걸 마음속에 담아두어야 하는 것 같아.

상처받은 경험자로서 확립할 수 있었던 자세랄까?
생각은 이렇게 해도 잘 안 되는 게 문제지만. 우리는
너무 감싸준다. 나도 그렇고. 좋아하는 연예인을
객관화할 필요가 있다, 그래야 더 건강한 덕질을 할 수
있다, 이런 이야기를 하고 싶어.

가장 상처받은
사람은
본인이에요

효실

스포츠서울 기자. 일기장 속에서 그녀의 이름을 발견한 감독의
뜬금없는 인터뷰 제안을 수락해주었다. 정준영 단톡방 사건보다
3년 앞서서 정준영의 성범죄 관련 기사를 냈던 기자로, 사건 보도
당시의 심경이나 현재의 생각에 대해 이야기해주었다. 범죄자가
된 연예인의 팬으로서 기자님께 사과드리고 이야기를 듣는 장면
은 영화 〈성덕〉이 친구들과의 수다에 그치지 않는다는 것을 보여
주는 중요한 장면이며, 관객들에게는 생각지도 못했던 흥미로운
포인트이다.

———

인터뷰 날짜 2020년 10월 14일

세연 인사부터 드릴게요. 저는 오세연이라고 하고요.
기자님, 제가 1년이 넘는 시간 동안 연락을 드릴까
말까를 계속 고민하다가 지난달에 겨우 연락을
드렸어요. 근데 만남에 흔쾌히 응해주셔서 너무
놀랐어요. 정말 감사드려요. 결정하시는 데 어려움은
없으셨는지요.

효실 저도 처음에 이메일을 보고는 좀 놀랐어요. 하지만
이메일로 보내주신 내용들에 공감이 많이 갔고 또
다큐를 제작하신다니 굉장히 훌륭하다는 생각이
들더라고요. 그래서 한 번 만나보고 싶었어요.

세연 먼저 2016년 9월 23일에 기자님께서 정준영(이하 J)과
관련해서 보도하신 내용을 말씀해주시겠어요?

효실 네. 보도 당일이 금요일 밤이었던 걸로 기억하는데요.
저희 쪽으로 먼저 제보가 들어왔어요. 이 건은
피해자께서 고소하신 내용이 아니었고요. 고소는 이미
끝났고. 경찰 조사가 완료된 뒤에 기소의견으로 검찰
송치된 상황이었습니다. 통상 기소의견으로 사건이
검찰에 넘어갔다 하면 그때는 실명 보도가 관례였어요.
저희가 해당 사건은 다른 경로로도 확인을 했어요.
그래서 일단 소속사하고 접촉을 하려고 했죠. 제가
기억하기로는 그때 소속사가 〈슈퍼스타K 4〉 끝난 뒤엔

CJ로 알고 있고요. 이후, C9(씨나인)으로 옮겨지면서
바뀐 연락처를 몰랐고, 가요 담당자도 몰랐던 거예요.
그래서 가요 담당자가 접촉을 하려고 했지만 잘 안
됐던 것 같고요. 일단 어느 정도 확인된 텍스트가
있었기 때문에. 기사가 그렇게 나갔던 상황입니다

세연 보도 직후 대중들의 반응이 어땠는지 여쭤보고 싶어요.

효실 사실 제보를 들은 저도 좀 믿어지지 않는 뉴스였어요.
당시에는 국민 예능이라는 〈1박 2일〉에 출연하는
J 씨가 그런 일에 연루되었다는 사실을 대중들이 믿기는
힘들었을 거예요. 대중들은 처음에 되게 충격적이다,
믿어지지가 않는다, 이런 반응을 보였어요. 이후
사건 자체가 아니라 저라는 타깃으로 번져간 가장
중요한 전환점이 뭐였을까 되돌아보니, 소속사의 1차
대응이었던 거 같아요. 그다음에는 소속사 대응을
무조건 받아들인 타사의 보도가 아니었을까 하는
생각이 듭니다. 당시 많은 분들이 저를 비난해서
상처받지 않았느냐 하고 물어보셨어요. 근데 저는
그거는 가능한 일이라고 생각했어요. 저 같아도
제가 좋아하는 배우나 가수가 이런 짓을 했다 하면
믿어지지가 않을 것 같아요. 다만 제가 좀 의아했던
것은 소속사가 해당 건에 대해서 무혐의로 결론이 났다,

이런 식의 단정적 표현을 썼다는 거예요. 그걸 다른 회사 연예부 기사들이 그냥 받아썼고요. 그래서 제가 마치 오보를 낸 것처럼 확정적 보도를 하는 거예요. 그게 너무 황당했어요. 왜냐면 일단 기소의견으로 검찰에 송치되었다고 하면 그 사실이 맞는지를 확인하는 게 맨 먼저 해야 할 일이에요. 소속사에서 무혐의다 아니다 말할 수 있는 권한이 없잖아요. 당연히 누리꾼들이 보기에는 이게 오보처럼 느껴질 수밖에 없는 상황이 아닐까 하는 생각이 들어요.

세연 CBS 라디오 〈김현정의 뉴스쇼〉와 인터뷰하신 기사도 봤어요.

효실 인터뷰에서 역풍이 저한테 불기 시작했다는 이야길 했죠. 일베 쪽에서는, 기소 시점과 남자에 대해서는 실명 보도를 하면서 왜 여자는 실명 보도를 하지 않느냐, 성차별이다, 이러면서 갑자기 이걸 이슈로 만들었죠. 그러면서 제가 페미, 꼴페미여서 J의 이름을 깠다, 뭐 이런 식의 굉장히 독특한 공격이 들어왔어요. 그리고 점점 선을 넘었죠. 일베의 조직적 공격이 들어오면서 저의 신상이 털리고, 그다음에는 제 사진을 두고 욕설을 적어놓는다거나 하는 일도 생기고요. 예전 기사에 댓글로 도배를 하기도 했거든요. 제가 그해

4월에 결혼을 했었거든요. 그럼 남편 이름과 회사가 적힌 결혼 기사가 나갔을 거 아니에요. 거기서 남편 회사 전화번호와 이메일을 알아내서 욕설을 보내고 그랬어요. 물론 제 이메일로도 보냈고요.

세연 말씀하신 2016년도에 제가 고등학교 2학년이었어요. 열여덟 살. 그때 금요일 밤에 기사가 나고 다음 날 주말 자습을 갔는데 막 친구들이 물어보는 거예요. "야 너네 오빠 어떡해", 이러면서. 다들 계속 그렇게 얘기를 하니까 아무리 내가 팬이지만 혹시나 하는 마음이 안 들 수가 없잖아요. 그래도 팬으로서 도리라도 되는 양 '아, 오빠가 직접 자기 입으로 말할 때까지 기다리자', 이러면서 나 자신을 달랬어요. 그리고 며칠 뒤에 기자회견을 했는데 무혐의였다, 가벼운 해프닝이었고 장난이었다, 이런 식으로 얘기하니까 팬들은 안도했죠. 동시에 관련 기사가 오보라는 식의 분위기가 만들어졌고, 마녀사냥이 시작이 됐던 거 같아요. 제가 기자님한테 뵙자고 빨리 말씀을 못 드린 이유도 너무 부끄럽고 죄송하고 민망했기 때문이에요. 그래도 그나마 진짜 다행인 건 제가 겁이 많아서 악플 달면 경찰서 간다고 하니까 그렇게는 못하고 혼자 조용히 일기장에다가 막 쓴 거예요. 제가 오면서 생각을 해봤는데, 제가 일기장을 읽어드리는 게 과연 옳을까? 싶더라고요. 기자님 싫다고 쓴 일기인데 그거를 기자님 앞에서 읽는 게…….

효실 괜찮아요.

세연 그럼 한번 읽어드릴게요.

9월 23일 보도 당일에 쓴 거 같아요.

"J가 성폭행이라니. 애초에 안 믿겼고. 동명이인이라 착각하니까 괜찮았다. 사람에게는 누구나 욕심이 있다. 학생이라면 공부를 잘 하고 싶은 욕심. 영화감독이라면 좀 대박인 그런 씬을 찍고 싶은 욕심. 그리고 기자라면. 주목을 내고 싶은. 자기 기사로 세상을 떠들썩하게 만들어보고 싶은. 근데 그 욕심이 가끔은 누군가를 많이 힘들게, 어쩌면 아프게 할 수 있다는 걸 알아야 한다. 박효실 기자. 그 이름을 기억할 거다. 나쁜 사람."

(세연, 효실 크게 웃는다.)

효실 팬덤의 이런 반응은 이해가 가요. 이해를 못 할 이유가 하나도 없어요. 왜냐면, 독자는 정확한 판단을 할 수 있는 정보가 너무 부족했어요. 제가 아까 해당 보도를 한 기자들한테 좀 아쉬움이 남는다고 말씀드렸던 이유가 기자들은 대중들이 공정한 판단을 할 수 있도록 정보를 주어야 되는데 너무나 편향된 정보를 자꾸 주는 거예요. 물론 제가 한 보도가, 글쎄요, 공익을 위한 보도인가? 얼굴이 알려진 연예인의 어떤 범죄행위에 대해서 보도를 했는데 스스로 생각하기에도 정말로 공정했나, 제대로 된 보도였나라는 점에서 약간 아쉬움이 있어요.

세연 아 진짜요?

효실 네. 아쉬움이 있어요. 어찌됐든 간에. 소속사에 한 번쯤 확인은 하고 보도했으면 더 좋지 않았나. 그쪽에서 이 건을 '이러저러하다'라고 말했다 하더라도 그런 코멘트가 붙었으면 좋고. 근데 제가 알고 있는 상식으로는 성폭력 행위에 관한 처벌법에서는 당사자와 합의를 하든 상대가 소를 취하하든 상관없이 무조건 일단 (사법 기관으로) 넘어가는 거예요. 가령 내가 피해를 당했어요, 그런데 제가 이 사람이 무서워서 혹은 돈이 필요해서 합의를 할 수는 있지만, 이 사람의 행위가 잘못인지 아닌지는 형법이 다시 묻는 절차가 필요한 거예요. 당시의 보도는 이 부분을 짚어줬어야 하는 거고요.

세연 음. 그러니까 해프닝이었고 이제 취하했다 하더라도 행위의 잘못은 짚어야 한다는 것이죠?

효실 네. 그게 팩트니까. 제가 또 당황스러웠던 것은 아무도
      피해자를 주목하지 않는다는 거예요. 처음 문제
      제기를 하셨던 피해자 본인 말이에요. 저는 그분이
      정말 힘드셨을 거 같거든요. 문제 제기를 했는데 마치
      좋아하는 사이였으면서 뒷통수를 친 것처럼 비난을
      받고. 오히려 본인이 'J는 착한 아입니다' 이런 글을
      올리기까지 했어요. 그리고 버닝썬 사건이 일파만파
      퍼져서 단톡방 사건까지 터졌을 때 당사자는 어떤
      느낌이었을까? 자기가 피해를 당하고 고소를 했는데
      경찰이 제대로 조사를 하지 않고 검찰로 넘겼는데 이미
      정보란 정보는 다 없애버린 휴대폰으로만 수사했죠.
      빈껍데기 휴대폰을 제출해서 결국 무혐의 처분을
      받고. 자기만 이상해져서 문제 제기를 한 애가 됐을
      때, 이분은 정상적인 삶을 살 수 있었을까 하는 생각이
      들었거든요.

세연 피해자분 얘기가 나와서 말인데요. 물론 잘 모르는
      분이지만, 아직도 남아 있는 댓글은 보면 아이고
      연예인도 불쌍하네요 이러는데……. 제가 오늘 만나
      뵙고 진짜 죄송하다는 말씀을 꼭 드려야겠다고
      생각했어요. 근데 문득 내가 기자님한테 죄송해하는
      게 맞나, 그저 제 맘 편하려고 죄송하다고 얘기하는

것처럼 들릴까봐 좀 조심스럽더라고요. 그래도 꼭 말씀드려야겠다고 생각했어요. 죄송해요. 제가 너무 무례했던 것 같아요. 감히 제가 팬덤을 대표할 수는 없지만 그래도 팬의 한 사람으로서…… 늦었지만, 정말 죄송합니다.

효실 감사합니다. 그렇게 말씀을 해주셔서. 사실 진짜 감사하고. 이메일을 받고 제가 말씀 드렸잖아요. 그 글을 읽는 것만으로도 되게 치유가 되는 기분이 들었다고. 저는 많이 잊었다고 생각했는데 마음속에 조금 남아 있던 것들이 지워지는 느낌이 들었고. 저는 되게 고마웠어요.

세연 아, 네 감사드립니다. 그런데 제가 기자님한테 고맙다는 말을 들을 입장이 아닌데…… 또 이렇게 얘기해주셔서 너무 감사하고요. 그럼 이제 2019년으로 넘어갈까 해요. 2019년 3월에 단톡방 사건이 세상에 알려지면서 기자님께서 그로부터 3년 전에 보도하신 내용이 다시 주목을 받았어요. 다시 새롭게 사건이 알려졌을 때 심경이 어떠셨는지 궁금합니다.

효실 버닝썬 사건에서 시작된 승리 게이트가 보도된 다음에, 당시 보도를 한 SBS 강경윤 기자한테서 연락이 왔어요. 버닝썬 게이트 취재를 하는 도중에 J 관련해서 좀 수상한 것이 확인됐다면서요. 제가 3년 전에 취재할 때 검찰이나 경찰 쪽에 좀 이상한 부분이 없었냐고 물어보시더라고요. 제가 당시에 분명히 경찰과 검찰의 태도가 이상하다는 기사를 썼었거든요.

세연 진짜요?

효실 네, 매일매일 기사를 썼어요. 아무도 듣지 않았지만요. 왜냐면 제 상식으로는 본인 몰래 촬영한 성범죄에 관한 고소가 들어가면 맨 먼저 해야 될 일은 휴대전화를 압수하는 것이고, 그다음에 관련 내용이 휴대전화에서 여러 경로로 넘어갈 수 있는 PC라든가 단톡방 등을 수사해야 해요. 그런데 J의 수사는 하염없이 J 편의에 맞춰요. 가령 J가 바쁘다, 촬영이 있다, 그러면 편하실 때 오세요, 뭐 이런 분위기였어요. 그렇다면 증거 인멸을 할 시간이 차고 넘치는 거잖아요. 물론 경찰 측에서도 여러 이유가 있었겠지만. 심지어 제가 알기로는 J 측에서 포렌식을 한 핸드폰을 제출했거든요? 너무나 앞뒤가 맞지 않는 수사라는 생각이 들었고, 제가 경찰 측에 휴대폰 포렌식 하셨습니까? J는 언제 출두 조사를 받았나요? 이런 질문을 했을 때, 경찰에서 굉장히 짜증스러운 반응을 보이는 거예요. 다 알고 쓰신 거 아니냐, 왜 자꾸

전화하냐, 이런 반응 있잖아요. 검찰로 넘어간 뒤, 지금 기소의견으로 검찰 송치되었는데 수사가 어느 정도 진척되었나요, 포렌식을 하셨나요? 하고 물었을 때 "그 부분에 대해서 포렌식을 한다고 다 나오는 게 아니다", 이런 말을 하시는 거예요, 검사가. 근데 저는 그것도 조금 이상했어요. 이미 증거 인멸할 시간이 충분했던 상황에서 휴대전화를 검찰이 넘겨받았다 한들 얼마나 유의미한 내용을 꺼낼 수 있겠어요? 사실 검찰도 답답했을 거예요. 근데 검찰이 진짜 짜증나게도 소속사는 무혐의로 종결된 건이다, 이런 말을 해놓으니 검사 입장에서는 마치 검찰이랑 소속사가 짠 것같이 보일 수 있잖아요. 그니까 발끈하더라고요. 어떤 사람이 그런 말을 했냐. 소속사 대표가 그랬다고 하니까 그런 말은 소속사 대표가 할 수 있는 말이 아니다, 수사가 종결되지 않았다, 이런 식으로 말을 했어요. 그런 검찰 코멘트도 기사에 따로 적었고. 그러니까 참 이상했어요. 그 사건에 관련한 모든 것이. 이 친구 사건이 저희가 알기로는 2019년에 강경윤 기자 보도로 알려졌지만, 2016년 제 보도 이후에도 한 번 더 그런 사건이 있었더라고요.

세연 2016년이랑 2019년 사이에요?

효실　네네. 그때도 똑같아요. 불법 촬영을 했고, 유포한
　　　것으로 추정된다면서 여성분이 신고를 했죠. 수사가
　　　진행되면서 혐의가 있는 걸로 보였지만 어찌됐든
　　　유야무야되었어요. 합의하고 어쩌고저쩌고 하면서.
　　　어쨌든 단톡방에 대해 취재하는 과정에서 여기서
　　　무언가가 공유된 것을 포착한 것 같아요. SBS 측에서.
　　　그래서 거슬러 올라가 2016년부터 2019년 사이에 몰카
　　　유형의 범죄를 계속 저지른 게 아닌가 하고 합리적
　　　의심을 했다고 봐야겠죠?

세연　맞아요. 안 그래도 제가 놀란 게 2019년에 공개된
　　　단톡방 일부 내용들이 2016년에 공유했던 내용들이
　　　되게 많더라고요. 그중에서도 저도 그렇고, 제가
　　　만나본 다른 팬이 하는 말이 J 단톡방의 내용이
　　　공개되었을 때, 자기는 제일 충격적으로 받아들여졌던
　　　내용이 "죄송한 척하고 올게"라고. 기자님 기사에
　　　대한 반박 기자회견을 했던 2016년 당시에 단톡방
　　　친구들한테 죄송한 척하고 오겠다는 얘기를 한 거예요.
　　　팬들은 물론 범죄 사실 자체도 너무 충격인데 '죄송한
　　　척하고 오겠다', 너무 기만적인 말이라 배신감을 많이
　　　느꼈던 것 같아요. 기자님은 어떠셨어요?

효실　제가 연예 기자가 된 다음에 어떤 연예인이 좋아 싫어

이런 말을 하기가 좀 조심스러워졌었거든요. 음, 그런 자세의 연장선에 있는 말이긴 한데, 저도 J 씨는 굉장히 흥미롭게 본 가수였고 예능인이었어요. 기사도 많이 썼고요. 하지만 그런 이미지만 가지고 누군가를 안다고 말할 수 있을까? 이런 생각이 들었고, 사실 좀 놀랐죠. 그렇게 말하는 거 보고 누구나 놀랐겠지만. 사람을 안다고 말하는 게 얼마나 어려운 일일까, 생각했고. 배신감? 조금 들었어요. 근데 멋있는 척하고 센 척하는 거 좋아하는 캐릭터로 보이잖아요. 약간 허세 있는? 본인은 사과하기 싫은데 소속사에서 하라고 하니까 '사과하고 올게', 이렇게 말할 수 있죠.

세연 또 궁금한 게 2019년에 사건이 알려졌을 때 억울한 마음은 없으셨나요?

효실 억울한 마음보다는 저는 너무 다행이다, 이런 느낌이 들었어요. 왜냐면 2016년 사건이 벌어진 후에 저도 힘들었지만 어찌됐든 무혐의로 결론이 났잖아요. 그래서 J 씨가, 제가 기억하기로는 프랑스 갔다가 돌아와 저희 회사랑 인터뷰를 했어요. 그때 단독 인터뷰를 했고요. 그때 소속사가 그 사건으로 본의 아니게 제가 너무 고생을 해서 미안하고 하니 인터뷰를 하면서 '(제가 몸담은 회사에) 악의적인 감정은

없었습니다'라는 제스처를 한 거죠. 그쪽 대표도
저한테 기자님이 공격을 받게 해서 죄송하게 됐다고
말씀하셨고요. 저도 기자로서 일을 잘하고 있는가,
내 기사 한 줄로 한 사람의 인생이 송두리째 무너질
수도 있는데 기사를 쓸 때 그것을 정확히 인식하고
좀 더 신중해야 한다는 점을 제가 잊고 있지 않았나
생각했다고 하고, 서로 이런 얘기들을 했었어요.
그래서 저는 사실 J 씨가 잘 지내길 바랐어요. 만약
저 사람이 그 일로 인해서 나쁘게 됐을 때 저한테도
정말 어마무시한 공격이 들어오지 않을까 싶어서
가끔 진짜 잘 지내길 바란다는 기도를 하기도 했어요.
마음속으로. 그런데 사건이 탁 터지니까. 음, 그 사람
개인에게는 불행한 일이지만 제가 했던 보도가 완전히
틀리진 않았다는 사실을 좀 공개적으로 알릴 수 있게
되어서 정말 다행이다 싶었어요. 제가 사실 억울한
면도 있었는데 이제는 많은 사람이 내가 굳이 설명하지
않아도 이해할 수 있겠구나, 라는 생각이 들었고요.
주변에서도 너무 고생 많았다고, 이 사건으로 지난
시간 동안 고생했던 거 오늘 다 눈 녹듯이 녹았을
거라고, 괜찮다고 잘했다고 해주더군요. 이런 식의
위로를 많이 받아서 좋았어요.

세연   아무래도 2016년 사건을 기억하는 사람은 다 2019년에
기자님을 다시 생각할 수밖에 없었으니까. 저 역시
그랬고요. 기자님이 보시기에 내가 믿고 있는 이 사람
말만을 믿겠다, 이런 감정은 어디서 오는 거라고
생각하세요?

효실   당연한 반응이라고 생각해요. 대부분의 팬덤 분이 저를
모르시는데 기자가 쓴 글만을 100퍼센트 믿는 것도
이상하죠. 그렇지 않나요? 저도 모든 기자의 글을 다
신뢰하지는 않거든요. 다만 팩트는 신뢰하죠. 그런데
이 사건에서는 팩트조차도 부정했다는 점이 중요하죠.
아까도 말씀드렸다시피 팬덤은 그럴 수 있다니까요.

세연   지금도 남아 있는 팬들이 있더라고요. 그분들은 어떻게
생각하세요?

효실   박근혜 대통령 지지자들 비슷한 심정 아닐까요? 내가
무언가를 믿었어요. 사랑했는데, 그 존재가 사랑할
가치가 없는 사람이라면 내 잘못이 되어버리니까.
그 사람을 사랑했던 나의 신념, 나의 헌신 그리고 나의
시간 등이 죄다 영(0)이 돼버리잖아요. 그런 상황을
받아들일 수 없는 사람들이 아닐까요. 그것이
J 씨한테는 진짜 고마운 일이잖아요. 그래서 J 씨가
형을 잘 살고 나온 뒤에 진짜 개과천선해서, 기다리고

있는 팬들에게 좋은 모습을 보여주면 좋겠어요. 개인
J로도 좋은 인생을 살았으면 좋겠어요. 거기서 끝나지
않고. 젊잖아요.

세연 연예인으로 돌아와도 된다는 말씀이세요?

효실 연예인으로 돌아오기는 쉽지 않을 거 같아요.
방송가에도 선이 있으니까. 근데, 음 글쎄요, 어떤
모습이든 간에 본인에게 떳떳하게 살았으면 좋겠다는
생각은 드네요.

세연 네, 이제 거의 마지막 질문으로 가고 있어요. 제가
살면서 제일 오랫동안 제일 많이 좋아했던 사람이
J었어요. 중학교 1학년 때부터 고등학교 졸업할 때까지
거의 6년을 좋아했어요. 근데 기자님, 이 영화 제목이
왜 '성덕'인지 아세요? 제가 성덕이었거든요.
저 텔레비전에도 나왔었어요.

효실 진짜요?

세연 〈별바라기〉라는 프로그램 아시죠? 강호동이 진행했던.
거기 제가 J 팬으로 나왔어요.

효실 진정한 성덕을 만났네요.

세연 네네. 제 가치관 형성에 그 사람이 너무 많은 영향을
미친 거예요. 그렇다 보니 더 배신감이 커지더라고요.
그래서 처음에는 아, 이렇게 되었기 때문에 나는 더

이상 누구를 믿고 좋아할 수가 없겠구나 생각했어요. 특히 연예인은요. 왜냐면 그토록 오랜 시간 좋아했지만 굉장히 한정된 모습만을 보아온 터라 이와는 너무 다른 면을 보고 충격받고 실망했거든요. 더 이상 연예인 덕질은 못하겠다고 생각했어요. 지금은 또 아니긴 한데.

효실 누굴 좋아하시나요?

세연 이게 좀 희한해요. 이 영화 만들면서 바빠서 덕질을 못 할 줄 알았는데, 얼마 전에는 〈비밀의 숲〉 보고 조승우한테 빠진 거예요.

효실 저도요.

세연 진짜. 어떡하지? 진짜 너무 좋아서 주체할 수가 없는 거예요. 덕질을 하고 싶은 마음이. 덕질을 계속 할 수 있을까 생각했는데…… 이상하기도 하고. 참.
내가 정신을 못 차린 건가 싶은 생각도 많이 들고.
내가 누군가를 믿을 수 있을까, 이런 고민에 대해서는 어떻게 생각하세요?

효실 사람을 좋아하는 것은 굉장히 자연스러운 일 같아요.
사는 게 힘든데 누군가를 좋아하면 삶에 굉장히 생기가 돌고 에너지가 솟고 긍정적 영향이 생기잖아요. 그러고 보니 저도 최강창민 씨를 좋아해요.

세연 진짜요?

효실 네. 최강창민 씨는 굉장히 반듯한 이미지잖아요.
그래서 최강창민이 어디에 기부를 하고, 또 서해
유조선 사고 났을 때 기름 닦으러 가고 그랬거든요?
선행을 많이 하는데 그걸 볼 때마다 역시 내가
좋아하는 가수는 정말 반듯하구나 하면서 저도 같이
기부도 하거든요. 그러니까 저는 음, 연예인에게
좋은 영향을 받을 수 있다면 나쁘지 않다고 생각하죠.
그리고 우린 인간이기 때문에 다 불완전하잖아요.
그런데 스타에게 완전한 인간이기를 요구하는 것은
가혹하다고 생각하고요. 그래서 J 씨 팬덤 중에 일부가
이걸 잊어 버리지 않고 죗값을 치른 후에 잘 지내기를
바라는 마음도 굉장히 예쁘다고 생각해요. 인생은
짧은데 누군가를 좋아하는 게 어떻게 나쁜 일이겠어요.
좋은 일이죠. 이 세상에 내가 좋아하는 사람이 많다고
느껴야 안전하다고 느끼잖아요. 세상이 좀 더 밝게
보이고.

세연 너무 좋은 말씀이세요. 팬들의 마음이 예쁘다는 말씀을
들으면서 좀 신기하기도 하고, 얼마든지 좋은 시선으로
바라볼 수도 있구나 그런 생각이 드네요. 사실 저는
이 영화를 만들기 시작할 때는 그냥 너무 화가 나
있는 상태였어요. 그래서 아직도 남아 있는 팬들이

있다고 그러면 '미쳤구나' 이런 생각이 들었어요. 근데 이 이야기만을 가지고 1년 넘게 씨름하다 보니까 그분들이 이해가 되더라고요. 사실 뭐 저도 2016년에는 그랬고요.

효실 그럼요. 그 사건이 많은 팬들을 상처 입혔지만 가장 상처받은 사람은 J 씨 본인이에요. 자기를 망쳤죠. 그것도 공개적으로요. 사랑하는 자기를 자해한 것과 같은 일을 벌였고, 누구보다 고통받고 있을 거예요. 지금 어떻게 지내고 있는지는 모르겠지만, 인생은 기니까요. 부디 좋은 사람으로 잘 사는 모습을 팬들한테 보여줬으면 좋겠어요. 그거만으로도 정말 멋진 일이 아닐까요.

사람 보는
눈도
유전되는 걸까?

성혜

감독의 엄마. 평행이론일까? 사람 보는 눈도 유전일까? 엄마는
아니라고 소리치지만, 얼추 맞는 것도 같다. 딸이 정준영을 좋아
하기 한참 전에 엄마는 조민기의 팬이었다. 점잖고 시크한 매력
에 빠졌는데, 학생들을 상대로 한 위계 폭력과 성범죄, 거기다 판
결 전에 사망해버렸다는 사실에 커다란 배신감을 느꼈다는 엄마.
그런데 희한하게도 정준영의 팬이었던 딸에 대해 이야기할 때는,
조금 전에 보였던 분노는 온데간데없다. "정준영한테 고마웠지"
하고 지난일을 회상하는 엄마의 얼굴에는 미소가 어려 있다. 물
론, 정준영 측이 항소를 해서 대법원까지 갔다는 말을 듣기 전까
지만 말이다. 엄마는 영화에서 매우 중요한 말을 들려주는 인물
이다. "지나고 나서 보면 완벽한 사람이 어딨겠노. 그 사람이 누
구였는지 그 결과가 중요한 게 아니라 과정이 중요했던 거지."

———

인터뷰 날짜 2020년 9월 22일

세연 언니랑 내가 어릴 때부터 엄마한테 좋아하는 연예인 물어보면 항상 가수는 이문세, 배우는 조민기(이하 M)라고 했잖아.

성혜 으음. 그러긴 했지. 근데 가수를 더 많이 좋아했나봐.

세연 아? 이문세 좋아했다는 걸 더 강조하는 거야?

성혜 응. 그치.

세연 그렇지만 M에 대한 이야기를 좀 더 들어보려고.

성혜 으응.

세연 M은 어떻게 알게 돼서 좋아한 거야?

성혜 연도는 정확하게 기억이 안 나는데 너희들이 어릴 때였고 그때는 내가 전업주부였다. M이랑 오연수가 나오는 드라마 〈거침없는 사랑〉을 열심히 봤지. 거기서 M이 무슨 직물 수입 회산가, 다니는 사람이고 오연수는 머천다이징인가? 하여튼 그런 직업을 가진 사람으로 나와. 둘이 거래처 직원인데 서로 좋아하게 되면서 각자 직장에서 겪는 힘겨움과 아픔을 나누고 그랬지. 드라마 인기가 많지는 않았지만, 나는 재밌게 봤지.

세연 그럼 드라마 때문에 입덕하게 된 거야?

성혜 어, 그랬지. 드라마 속의 M이 진짜로 그런 사람일 거라고 생각했나봐. 그렇게 감정이입했던 거 같다.

옛날에도 인터넷이 있긴 했지만 공식 홈페이지 같은 거만 있고 달리 뭐가 없었어. 그런데도 M에 대해서는 막 찾아봤나봐. 너희들 연년생으로 키우면서 바쁜 시간을 쪼개서 막 찾아봤어. 찾아보니까 팬 카페가 있더라고. 나는 그냥 일반 손님이라 관리자가 승인을 해야만 글을 쓰거나 다른 게시물을 볼 수 있었어. 거기에 사진도 올라오고 그랬거든. 회원이 많은 거 같지는 않았는데 다 자기들끼리 아는 사람들이었고, 정기 모임 같은 것도 했나보더라고. 근데 워낙 서울 중심으로 활동하니까 난 갈 생각도 못하지. 뭐 사람들 말로는 팬카페 관리자인 이장님이 M이라고 하더라. 우리가 글을 달아놓으면 댓글을 써주는 거야. 그 사람 덕분에 그때 매킨토시라는 것도 알게 됐고.

세연 그게 지금 맥, 아이맥인가?

성혜 어. M이 그걸로 자기가 찍은 사진을 편집하고 그랬나봐. 사진을 되게 좋아했거든. 사진 올라온 거도 보고 한참 좋아하다가 너희들이 커가고 나도 바빠지면서 잊게 됐지. 그래서 좋은 기억으로만 간직하고 있었어.

세연 엄마가 생각하는 M의 매력 포인트는 뭐야? 또 엄마가 생각하는 그분은 어떤 사람이었어?

성혜　점잖은 사람이라고 생각했어. 드라마로만 보니까
　　　더 그랬던 거 같고. 인터뷰를 보면 좀 시크한 느낌이
　　　들었어. 아, 그리고 얼리어답터. 보통 아저씨들과는
　　　조금 다르다고 생각했지. 또 그가 나오는 드라마에
　　　몰입하다 보니 아픔이 있어 보이는 사람이라는 생각도
　　　했지. 왜 사람들도 아픈 길고양이나 여린 병아리를
　　　보면 돌봐주고 싶어 하잖아. 그런 느낌이었던 거 같아.

세연　엄마는 자신을 소극적인 팬이라는 식으로 얘기했지만
　　　그래도 팬으로 지내면서 좋았던 순간, 아니면 기억에
　　　남는 일 있어?

성혜　아주 짧은 시간에 심도 있게 파고들었던 거 같다.
　　　그래서 지금은 퇴색되고 생각이 잘 안 나. 그냥 뭐
　　　삶의 활력을 느꼈고, 그래서 늘어져 있던 일상에서
　　　조금 벗어난 거 같기도 해. 늘 거기에만 몰입할 수는
　　　없으니 더 그랬던 거 같고. 애들 재우고 나면 잠을
　　　쪼개서라도 무슨 글이 올라왔나 봤지. 그러고 걔가
　　　야행성이니까, '아 그러면 같은 시간대에 같이 로그인
　　　돼 있으면 어떨까', 이런 거를 기대하고 그랬지. 결국
　　　나는 새벽까지 못 버텨서 같이 있어본 적은 없었고.

세연　엄마 글에 댓글 달아준 적도 있어?

성혜　어. 뭐 반갑다거나 이런 거였겠지. 나는 활동을 잘 안

하고 그냥 보는 사람, 보는 걸로도 흐뭇한 입장이니까. 나한테 남긴 글은 가입을 축하한다거나 반갑다거나 뭐 이런 거. 형식적인 인사가 아니라 진심이 담긴 메시지는 아는 사람한테만 보내는 느낌도 강했어. 그래서 나도 빨리 저 속에 들어갔으면 좋겠다, 이런 생각은 했지. 적극적으로 활동하진 않았지만 보는 것만으로도 흐뭇한 초짜지, 초짜. 연예인 팬 초짜.

세연 그럼 M이 성추행 혐의를 받고 많은 피해자들이 단시간에 미투를 해서 논란이 커졌는데 그때 어떤 생각이 들었어?

성혜 그런 일이 있었다는 걸 듣고 좀 실망했거든. 나 같은 팬들 입장에선 저 사람이 되게 크고 이상형인데…… 얼마나 실망스럽니. 이거는 무슨 한두 건도 아니고, 어떻게 자기 딸뻘 되는……. 그런 면에서 정말 더 실망했다니까.

세연 엄마가 지금까지 봐왔던 이미지랑 반대라 더 충격 받았나?

성혜 충격이었지. 내가 가지고 있는 이미지는 이른바 초식남인데 이거는 뭐 짐승남…… 아니 짐승이지. 그니까 배신감이 컸지. 혼자 가지고 있던 좋은 생각이 있으니까 욕이 더 많이 나왔지. 돌았다. 미쳤다. 이런

생각이 더 들었지. 근데 원래는 안 그랬는데 점점
타락한 것인지, 아니면 내가 몰랐던 것인지. 근데 이젠
뭐 알고 싶지 않다. 이해해줄 생각도 없고. 그래서 남자
연예인 안 좋아하잖아. 근데 나 예쁘게 나오니?

세연 괜찮게 나온다.

성혜 계속 이렇게 얘기할까?

세연 좀 눈이 풀리고 있어. 계속 질문할게. 그때 엄마 심정이
어땠어?

성혜 내가 걔를 많이 안 좋아했나 보다. 그런 크나큰 사건을
잊고 있었다. 그거는 진짜 용서 받지 못할 일이다.
스스로 목숨을 끊은 일 자체로 두 번 죄를 지은 거야.
죗값을 치르기 전에 죽어버린다? 그거는 안 되지.
잘못했으면, 진짜 미안하다 하고 반성해야지. 자기한테
누가 돌 던질까봐, 겁이 나가지고 먼저 죽어버렸잖아.
그럼 남아 있는 사람은 뭔데? 가족들은 어떻게 살라고?
본인이 살아서 죗값을 치러야지. 사람들이 질타를 하든
뭘 하든. 근데 그게 부끄러운 일인 줄 알았으면 그렇게
저질렀겠나 싶기도 하다. 죽은 것도 딱 걔답다는
생각이 들더라. 실컷 저질러놓고 자기는 죽어버리고.
진짜 무책임한 거지. 그거는 나쁜 일을 저지른
인간들이 특히 해서는 안 될 일이야.

세연   아주 화끈하게 얘기해줘서 좋다. 근데 그 사람과 같이
아름답게 늙어가지 못하게 돼서 아쉽다는 마음도 있어?

성혜   그 사건이 아니었다면, 옛날에 내가 저 사람을
좋아했네, 이렇게 변신을 하고 연기 폭을 이렇게
넓혔구나 하면서 더 흐뭇하고 뿌듯했겠지. 말하자면,
팬의 입장에선 꼭 나의 스타가 잘 나가기만을 바란 게
아니야. 항상 주연만 할 수는 없잖아. 나이가 들어서
언제 어디서라도 볼 수 있으면 고마운 거지. 근데
최악의 모습을 사람들한테 각인시키고 가버린 거야.
그런 게 아쉽지.

세연   엄마는 그 사람의 팬이었던 걸 후회해?

성혜   아니. 당시에 내가 좋아하고 팬 카페 가입한 일들을
후회하진 않아. 다른 일은 다 그렇다 쳐도 마지막
선택을 그런 식으로 했다는 게…… 참. 너는 그거밖에
안 되는구나, 싶었어. 후회하진 않지만, 너의 죽음은
안타까워할 가치도 없구나, 그런 생각이 들었어.

세연   이제 정준영(이하 J) 얘기를 해볼게. 내가 중학교 1학년
때 〈슈퍼스타K 4〉 보면서 덕질 시작할 무렵부터 엄마가
제일 가까이서 봤잖아. 내가 본격적으로 무언가를
시작한 게 처음이었는데 그때 나 보면서 무슨 생각이
들었어?

성혜 준영이(이하 j)는, 내가 j라고 말해도 되겠지? 뭐
어쨌든. 삐쩍 말라서 휘청휘청하더라고. 그래서 나는
로이 킴이 더 안정감 있고 참 착한 애같이 생겨서
낫다고 생각했지. 너는 그냥 가수로서 좋아하는데,
엄마는 또 다른 걸 보잖아?

세연 뭘 봤는데?

성혜 우리 사위가 되면? 뭐 그런 눈으로 본 거겠지. 하여튼,
그랬는데 너무 빼빼 말라가지고 이렇게 웃으면서
깐죽깐죽하더라고. 그런데 끼를 살려서 〈1박 2일〉에도
나오고 그러더라, j가 내 아들 같네. 이거 갑자기.

세연 아니 근데 엄마, 지금 걔를 찾을 때가 아니라, 나에
대해 물어봤잖아.

성혜 아아아, 그때 네가 덕질 시작하면서 팬 카페 가입하고
그러더니 어느 순간 나름 입지를 굳혔던 거 같은데?
네 아이디가 뭐였더라? 기억이 안 나. 하여튼 뭐였는데
좌르륵 하면 알 만한 사람들은 다 알아줬잖아. 솔직한
얘기로. 그리고 〈슈퍼스타K 4〉 끝나고 세월이 좀
흘렀지, 흘렀는데도 넌 일편단심이었지. 솔직히
네가 이래봤자 얼마나 오래 갈까, 했거든? 그랬는데
중학교 1학년 땐가 콘서트에 간다고 그러더라? 연말에
부산에서 하는 거라 보내줬지. 그때도 엄마는 약간

못마땅했다. 처음부터 뭐 지지를 했겠냐?

세연 그때 엄마가 나한테 전교 1등 하면 보내준다고 했는데?

성혜 아니, 1등으로 학교에 들어간 게 아니라 입학한 후에
1등을 한 거고. 뭐였더라? 아, 니가 그때 전교 18등인가
그랬지 않나?

세연 그렇게 못했어?

성혜 아니. 그게 아니라 네가 걔 쫓아다니면서 성적이
떨어져서 말을 그렇게 한 거지. 그때는 못마땅했지만
그래도 내가 해줄 수 있는 지원은 해주었지. 나도 학창
시절에 문세 오빠 덕질을 해봤잖니? 문세 오빠한테
막 가고 싶은데 할머니가 지원을 안 해주니까 용돈
모아서 갔지. 그때도 할머니가 크게 반대는 안 했는데,
탐탁지 않았겠지? 그래도 어쨌든 가라 했잖아. 근데
누군가를 좋아하면 그만큼 에너지를 쏟게 되는데, 나는
그게 괜찮은 거 같아. 그래서 크게 나쁘다고 생각하진
않았어. 그래서 부산 공연에는 처음에 보내줬지.
나중에는, 뭐 더 엄청났지만.

세연 내가 덕질하면서 엄마가 고생을 많이 했잖아. 내가
콘서트도 가겠다 하고, 혼자 서울에 팬 미팅 가겠다고
해서 엄마랑 냉전을 벌이기도 했고.

성혜 맞아. 우리 그때 처음으로 몇 시간 동안 말도 안 하고.

세연 그러고 나중에는 내가 텔레비전 나간다고 설치고. 또 여기저기 쏘다닐 때마다 항상 엄마가 구포역 가서……

성혜 아, 맞아. 그땐 기차표가 종이로 돼 있었어.

세연 사실 나도 그렇고 주변을 봐도 그렇고 경제 능력이 없는 미성년 학생의 덕질에는 부모님의 도움이 따르는 거 같아.

성혜 없으면 힘들지.

세연 근데 엄마는 그런 것들을 해주면서 어떤 생각했어? 왜냐면 안 해주는 사람들도 진짜 많잖아.

성혜 나는 안 해줄 거면 처음부터 안 해줘. 하지만 기왕 해줄 거면 그냥 밀어준다. 근데 내가 무조건 처음부터 '어머, 좋아죽겠어. 이거 해라', 이럴 순 없잖아. 나도 좋아질 계기가 있어야 할 테고. 차표뿐만 아니고 나중에는 콘서트 갈 돈도 마찬가지 아니었나? 일단 표는 내 돈으로 구입하고, 네가 나중에 알바를 해서 갚는다고 그랬지. 지금도 기억나거든. 수첩에 네가 몇 월 며칠에 얼마를 빌렸는데, 며칠에 얼마 갚고, 얼마 갚고 그런 거. 100만 원 빌려 가서 만 원씩 갚아봐라. 돈이 표가 나나. 그래도 네가 갚았다는 게 중요하지. 그래서 일부러 그 수첩은 안 버리고 놔두었거든. 네가 안 입는 옷이며 신발 팔고 그랬는데 나는 너무 웃겼지. 하여튼,

네가 뭔가에 미칠 수 있다는 게 좋다는 생각이 들었어.
내가 하지 말라고 했어도, 거짓말이라도 해서 갔을걸.
하지만 네 할 일 하고, 공부도 열심히 하고 그랬잖아.
방송부 부장이지, 전교 몇 등 안에 들었지, 반에서
거의 1등이지 그러니까 하지 말란 소리를 덜 했던 것
같다. 너는 그때 꿈이 되게 많았어. 지금도 기억나지?
처음에는 방송 작가 되겠다, 드라마 작가가 되겠다, 뭐
또 PD가 되겠다, 하여튼 방송 쪽에 관심이 많았잖아.
근데 진짜 6개월을 가는 꿈이 없었거든. 근데 J는
1년이고 2년이고 계속 좋아하더라고. 그래서 아,
진짜로 좋아하는 게 있으면 지원할 필요가 있겠구나
싶었지. 또 네가 무조건 해달라고 하지도 않았어.
엄마가 이렇게 해주면, 나는 앞으로 이렇게 해서
갚아나가겠다 이런 식으로 계획을 딱 세워놨잖아.

세연　또 물어보고 싶은 게.

성혜　한복은 안 물어봐?

세연　한복? 한복 얘기 하고 싶어?

성혜　응. 그때 갑자기 미장원에서 무슨 행사를 한다고
했는데?

세연　맞다. 라뷰티코아.

성혜　그런 얘기 해도 되나? 어쨌든 그때 진짜 추웠는데,

네가 한복만 입고 플래카드를 들고 몇 시간을 서
있었다더라. 난 도저히 상상…… 아 상상은 간다. 한복
그거 하나 입고 좋다고 쫑쫑거리고 다니는데. 어휴,
쟤 춥지도 않은가 그랬어. 하여튼 그랬던 기억도
나고, 서울 무슨 콘서트도 있었잖아. MBC '보이는
라디오'에 가서 서 있고. 그때는 조금 친해진 뒤였나?
네가 텔레비전 나온 뒤였나? 텔레비전 출연은 얘기할
계제가 아닌가? 그것도 할 말 많은데…….

세연 그러면 텔레비전 나간 이야기부터 들어보자.

성혜 〈별바라기〉 나간다 했을 때는 내가 네 편으로
돌아섰던 때였거든. 덕질한 지 2~3년쯤 됐고, 네가
중3 때였지. 네가 한복 입고 다니는 바람에 '한복소녀'
이렇게 불려서 〈별바라기〉에서도 섭외한 거잖아.
정확히는 모르겠지만 팬 카페에서 네가 최연소는
아니라도 되게 어린 축에 속했던 거 같거든. 어쨌든
〈별바라기〉 나간다 했는데 나는 처음에는 되게 걱정을
했지. 근데 촬영본을 보니까, 그때는 몰랐는데, 네가
어쩌면 저렇게 당차냐 싶더라. 신기하게도 파일럿
프로그램이고 예고도 없이 시작됐는데도 그걸 보고
전화한 사람이 진짜 많더라고. 그래서 자기들이 하고
싶은 뭔가를 찾을 수 있다면 참 좋겠다는 생각이 드는

거야. 네가 그러면서 j랑 관련된 직업을 갖고 싶다는 얘기를 했거든. 그러다가 결국은 지금 이 영화 일을 하고 있는 거잖아. 우리가 그랬잖아. j가 그런 일이 있기 전에, 옛날에는 j를 네가 쫓아다녔지만 어느 순간 j가 '아, 오 감독님, 감독님 영화에 출연하고 싶습니다' 할 거라고. 우리끼리 웃으면서 그런 얘기도 했잖아.

세연 그때 엄마가 사실은 j한테 되게 고맙다고 했었는데 왜 고마웠어?

성혜 중학교 2학년? 3학년 때였나보다. 나는 교대근무를 하고, 언니는 학교 기숙사에 있으니 너 혼자 있을 때가 많았단 말이야. 아침에 퇴근해서 보면 헤드셋에 목이 칭칭 감겨서 자고 있는 거야. 왜 그러냐고 하니까 음악 듣다가 잤다고 하고. 무슨 음악이냐고 물으니 J 음악 듣다가 너무 무서우니까 헤드셋 꼈다고.
그거 끼면 음악 소리밖에 안 들린다고. 그렇게 하면 안 무섭다는 거야. 엄마가 그때는 한 달에 일고여덟 번은 집에 못 들어갔지. 그런데도 j가 있고, j 음악 있으니까 너 혼자서도 1년 가까이 진짜 잘 지냈던 거 같아. 무섭다고도 안 하고. 네가 걔를 좋아하고 그 음악이 있어 그런 시간을 견뎌낸 거 같아.
좀 슬프기도 한데 지금 생각하면 좀 웃기거든. 왜냐면

넌 항상 코미디로 끝나는데, 헤드셋에 목이 칭칭
감겨서 자고 있었단 말야. 목 졸려 죽으면 어쩌려고.
그러니까 j한테 고마운 것도 있지. 그리고 그랬다.
공부 더 열심히 해서 좋은 데 가면 그때 다시 만나자고.
학생이 이런 데 너무 자주 오면 안 된다고. 그런 얘기를
여러 번 했거든.

세연 그니까 그 친구 때문에 내가 덜 외로웠을 거 같다는
얘기네. 혼자 있는 시간을 잘 보낼 수 있었다는 말이지?

성혜 엄마한테 거짓말하고 삐뚤어질 수도 있을 텐데 항상
어디 간다 얘기하고 바쁘게 지내니까 보기 좋았지.
공부도 열심히 하고. 나쁜 짓은 할 시간도 없었던 거
같지만. 네가 어느 순간 팬 카페도 그만 봐야 되겠다고
했는데, 할 만큼 해봤으니까 그렇게 말하는 거라고
생각해. 할 만큼 하다 보면 여기서 더는 할 일이
없다, 이런 생각이 들거든. 너도 자연스럽게 커가는
과정이었던 거 같아.

세연 그렇지. 근데 자기는 천년만년 무대에서 노래할 것처럼
얘기해놓고 지금 감방에 있잖아.

성혜 그래, 맞아. 좀 짠하지.

세연 짠하다고?

성혜 응. 난 짠해.

세연 그게 왜 짠해. 엄마.

성혜 아니아니, 걔가 그런 행동을 한 것은 잘못이지.
누구처럼 자살한 게 아니고, 본인도 자기가 지은
죄라고 하잖아. 자기가 인정했지? 어쨌든 지은 죄에
상응하는 벌을 받고 인간 j로 잘 살았으면 한다.

세연 지금은 항소하고 대법원 판결 기다리는 중이야.

성혜 항소를 했어? 고등법원 판결에 불복한 거야?

세연 이제 또 빡치지?

성혜 이러면 또 달라지지. 그냥 받아들이고 형을 살아야지
뭘 또 항소를 해. 그래 형량이 얼마나 나왔는지는
모르지만 줄이고 싶었겠지. 근데 받아들여라,
받아들여.

세연 진짜 엄마 반응대로 죄를 지은 거 자체가 진짜
부끄럽고 화가 나는 일이지만 점점 쪼그라들어서
찌질하게 구는 꼴이 더 실망스러운 거 알지?

성혜 그래그래. 그냥 죄송합니다 해야 하는데, 그게 또 쉬운
일이 아니야.

세연 근데 생각해보면 엄마가 M 좋아하고 난 J 좋아한 게
너무 웃기더라고.

성혜 평행이론이야?

세연 사람 보는 눈도 유전되는 걸까?

성혜   아니야.

세연   근데 예전에 엄마가 그런 얘기를 한 적 있거든. 지나고
        나서 보면 완벽한 인간이 어디 있겠냐, 그 사람이 어떤
        인간인지 검증하고 좋아하는 게 아니잖아.

성혜   그렇지.

세연   그래서 M은 모르겠지만 J한테는 아직 팬들이 남아
        있는데 그런 사람들 보면 어떤 생각이 들어?

성혜   마음으로 돌을 던지더라도 걔 인생이 끝난 건
        아니잖아. 멀리서라도 관심 아니면 애증이라도 가지고
        봐주는 사람이 있다면 j한테는 크게 실패한 인생이
        아니지 않을까?

세연   엄마, 그러면 아직도 팬인 사람들 이해해?

성혜   그런 건 있겠지. 그 사람이 절대 그럴 리 없다, 그렇게
        부인하는 팬을 말하는 게 아니고.

세연   그러니까 죄를 부정하는 팬이 아니라 벌을 잘 받고 잘
        살아가기를 바라는 팬?

성혜   그치. 그런 팬이 진정한 팬이 아닐까? 내가 팬은
        아니지만 진실로 인간 j를 아끼는 사람이라면, 오래된
        팬이라면 그랬을 것 같다.

세연   인간 J의 팬으로 남아 있는 것은 이해하지만
        연예인으로서 지지해선 안 된다?

성혜 아니. 그것 역시 사람들 마음이지. 그렇지만 저 사람은
      아무 죄가 없어요, 무죄예요, 이렇게 나오면 오히려 걔
      얼굴에 먹칠하는 거고.

세연 맞지, 먹칠하는 거지.

성혜 근데 진실한 팬이면 인간적인 면도 끌어안아야 하는
      게 아닐까? 내가 옛날 사람이라 그런지는 모르겠지만.
      팬이라면 그냥 있는 그대로 봐줘야 하는 거 같아.
      우리도 있는 그대로 살아가듯이.

세연 잘 들었고 또 하고 싶은 이야기 있어?

성혜 누구 팬이라는 걸 떠나서 우리 딸이 이렇게 자신이
      생각한 바를 실행해 옮겨서 세상에 보일 수 있다는 게
      너무 뿌듯하다. 내가 가지 못한 길이어서 그런지.

세연 벌써 뿌듯해하면 어떡해. 근데 걔가 이 영화 보면
      뭐라고 생각할까?

성혜 부끄럽기도 하겠지만 어쨌든 성덕의 시발점은 j잖아.
      그리고 다들 덕질하는 사람들이 한 얘긴데, 뭐.
      고맙지 않을까? 연예계 생활은 이미 쫑난 거잖아.
      더 할 수 있겠나. 나중에 번복하고 어떤 모습으로
      나타날지 모르겠지만 부인할 수 없는 인생의 한
      단면인데 이슈가 됐든 욕을 먹든 고마운 일 아니야?
      내가 너무 네 입장에서 생각해서 그럴 수도 있다.

세연 낫 배드? 알겠어. 인터뷰 해줘서 고맙고 이제 끝내도 될까?

성혜 그래. 내가 어저께 야간 근무를 하고 와서 너무 피곤해. 원래 이런 모습 아닌데. 여러분, 굿바이!

〈성덕〉
스틸 컷

제26회 부산국제영화제
〈성덕〉 포스터
포스터 디자인 최나혜(@nahui_studio)

3부

관객과의
대화

관객과의 대화 — 세연 note

2021년부터 2022년까지 극장에서 만난 관객들로부터 많은 질문을 받았다. 현장에서는 여러가지 이유로 못다한 대답을 여기에서 전한다.

하지 못했던 말

성(공한)덕(후)보다는 실(패한)덕(후)에 가까운 내가 '실덕일기'가 아닌 '성덕일기'를 써도 되는 걸까. 일기라는 이름을 달고 쓰는 글은 얼마나 솔직해야 하나. 그런데 다른 사람에게 보이는 것을 의식하고 쓰는 글이 일기가 될 수 있나. 일기를 너무 좋아해서 매일같이 일기를 쓰고, 처음 만든 영화에서 일기 몇 쪽을 읽기도 하고, 아예 영화 자체를 일기장처럼 만들기도 했다. 솔직함에 대한 갈망과 일기에 대한 애정은 언제나 함께 자랐다. 그래서 크기도 두께도 다른 수십 권의 일기장에 기분과 생각과 마음과 시간을 쌓아났다.

그러나 고백하자면 나는 일기를 쓸 때 완전히 솔직해지지는 못했다. 일기장을 꼬박꼬박 선생님께 검사받아야 했던 초등학교 때는 그렇다 치자. 그후로는 오로지 내 의지로 일기를 썼다. 그런데 언젠가부터 어떤 불안감이 생겼다. 일기장을 잃어버리면 어떡하지? 혹시나 일기장의 등장인물이 읽게 되면 어떡하지? 일기장의 주인이 나라는 것이 밝혀져 사회적으로 매장당하는 장면이 자꾸만 그려졌다. 그때부터는 일기장과 낯을 가리기 시작했다. 사람에 대해서 쓸 때 이름 대신 이니셜을 썼다. 마음속에 있는 고민보다는 가벼운 생각이나 앞으로의 다짐에 대해 썼다. 그러다 보니 일기장을 펼치는 횟수가 줄어들고, 지난 일기를 봐도 그다지 재미가 없었다.

*

관객 분들께 〈성덕〉이 솔직한 영화라는 평을 들으면 감사하면서도 부끄러웠다. 일기를 쓸 때조차 솔직하지 못한 내가, 다른 이에게 꾸밈없는 사람처럼 보이고 싶어 하다니, 이런 모순이 참 우습다. 영화를 만드는 내내 나를 잘 들여다보고, 속마음을 다 드러내려고 노력했다. 그렇지만, 더 솔직해질 수도 있었을 것이다. 관객분들을 만나는 자리에서도 마찬가지다. 귀중한 질문들을 받고서도 웃음 욕심에 사로잡혀 진솔한 대화를 나눌 기회를 외면했는지도 모른다. 갖가지 이유로 하지 못했던 말들이 자꾸만 마음에 남는다. 어쩌면 솔직함에 대한 이상이나 강박이 아쉬움을 낳는지도 모르겠다. 〈성덕〉에게도 일기에게도 더 솔직해지고 싶다.

영화 〈성덕〉을 만들게 된
계기는 무엇인가요?

영화 관람이 극장을 찾는 가장 자연스러운 이유지만, 때로는 영화보다 더 중요한 목적이 있기도 했다. 바로 GV다. 영화 팬들에겐 익숙한 두 글자가 누군가에겐 생소할 것이다. 'Guest Visit'의 약자인 GV는 쉽게 말해 '관객과의 대화'를 뜻한다. 그러니까 감독이나 배우 같은 영화 관계자가 상영 후에 관객과 질의응답 시간을 갖는 것이다. 영화를 본 관객이 감독에게 이것저것 물어볼 수 있는 기회이기도 하다. 나는 그런 기회를 적극적으로 활용하는 시네필 지망생(자칭 시네필이라는 호칭은 너무 거창하고, 시네필이 되고 싶다는 열망에 사로잡힌 지망생 정도라고 해야겠다)이었다.

갑작스럽게 영화에 꽂혀버린 열일곱, 야간 자율학습 시간에 인터넷 강의를 듣는 척하고 영화만 보던 나는 그해 열리는 부산국제영화제에 가보기로 마음먹었다. 살면서 처음 가본 영화제였다. 관객과의 대화도 처음인지라 분위기를 살피느라 질문은 마음속에만 남겨두었지만, 엘리베이터를 기다리다 마주친 감독과 배우를 모르는 척하기는 힘들었다. 결국 사진과 친필 사인을 얻어내고, 묻지도 않은 감상까지 주절주절 쏟아내며 소극적인 관객을 자처하던 나의 첫번째 GV 경험이 끝났다.

*

부산국제영화제에서 시민평론단으로 일하기 시작한 열여덟에는 이미 GV 마니아(라고 쓰고 빌런이라고 읽는다)가 되어 있었다. 하루에 영화 네 편을 가득 채워 시간표를 짜다 보니 그중 두세 번은 영화 관람 후에 감독에게 직접 질문할 수 있는 기회가 있었다. 아니 어쩌면 GV 회차를 우선 염두에 두고 시간표를 짰는지도 모른다. 나는 정말이지 궁금한 게 많은 영화과 입시생이었고(심지어 '호기심 많은 나'라는 캐릭터에 매력을 느꼈다) 모더레이터(사회자)가 관객들에게 눈길을 주는 순간을 놓치지 않고 손을 번쩍 들었다. 그렇다고 해서 정말로 궁금해 미치겠거나 영화의 감상에 중대한 영향을 끼칠 만한 심오한 질문을 하려는 것도 아니었다. 그냥, 영화를 만든다는 엄청나게 멋있는 일을 해낸 사람과 말을 섞고 싶었던 것 같다. 그렇게 쥐어짜낸 질문들은 대략 이런 것이었다.

"아아. 마이크가…… 아 네. 안녕하세요. 음…… 저는 영화감독이 되고 싶은 고등학생인데요. (중략) 제가 감독님 영화는 처음 봐서 기대를 많이 했는데, 기대 이상으로 재미있었던 것 같습니다! 하하. 영화 정말 잘 봤습니다. 그래서 제 질문은요. 별거 아니긴 한데, 고양이가 두 번 등장하던데 이건 무슨 의미인가요? 의도하신 건가요? 제 생각에는요(후략)."

알아도 그만이고 몰라도 그만이지만, 감독을 피로하게 만드는 데 제대로 기여하는 질문들을 마구 퍼부었다. 게다가 각자의 해석과 감상으로 남겨둘 수 있는 부분에 대해서도 마치 취조라도 하듯, 탈탈 털어내려고 했다. 해석을 열어두고 마무리한 영화의 결말을 굳이 감독의 입으로 다시 들으려 한다거나, 여운을 남기고 사라져버린 인물의 행방을 묻는다거나 하는 재미도 없고 의미도 없는 질문이었다.

*

이쯤 되면 〈성덕〉을 만든 계기를 물었더니 왜 엉뚱한 소리만 하고 있나 싶을 것이다. 이 말을 하기까지 서론이 참 길었다. GV 빌런으로 활약하면서 자주 했던 질문 중 하나는 '왜 이 영화를 만들기로 결심했습니까'였다. 누구나 궁금해할 질문을 하고 있다는 자신감에서 오는 당찬 목소리가 아직도 귓가에 맴돈다. 이 질문은 부메랑이 되어 나에게 돌아왔다. GV 빌런의 횡포로 얼룩진 다른 질문들이야 그렇다 쳐도, 이 질문이 감독을 괴롭게 할 거라는 생각은 한 번도 해본 적 없다. 그런데 상황이 역전되어 질문자가 아닌 답변자의 위치에 서게 되니 이 간단한 질문이 의외로 가장 고민스러웠다.

이 영화를 왜 만들기 시작했지? 음, 어디부터 말해야 할까. 얼마나 자세히 말해야 할까. 아니 그런데 영화를 처음 시작하게 된 계기와 이렇게 완성하게 된 계기는 또 다른데, 그럼 이 영화를 이렇게 완성하게 된 계기를 말해야 하나. 아니지, 시작에 대해 물었으니 맨 처음 기억으로 들어가야지. 그런데 처음 영화에 대한 이야기를 떠올린 때와 이 영화를 만들기로 결심한 때는 또 다른데 언제를 기준으로 삼아야 하지?

*

영화를 만들어보고 싶다는 쪽으로 마음이 기울어진 때가 언제인지를 떠올렸다. 10대 시절을 다 바쳐 사랑한 OPPA가 성범죄자가 되어버리는 충격적인 사건 이후, 며칠은 분노로 들끓었지만 며칠은 별생각 없이 보냈다. 매일매일 그 사람 생각을 하며 감정을 소진하지는 않았다. 다만, 이 사건을 영원히 잊을 수 없을 거라는 사실 하나는 마음속 깊은 곳에 항상 품고 있었다. 눈물을 찔끔 흘렸다가, 활활 타오르는 분노와 배신감으로 기분이 어떤지조차 설명하기 어려운 상태를 거쳐, 그 사람 팬이었다는 사실을 유머로 승화하기에 이른다. 나의 고통은 타인의 행복이 된다고 했던가. 친구들은 나를 측은하게 바라보다가도 눈치를 살피며 '정말이지 알 수 없는 취향'이라며 은근슬쩍 놀렸다. 그럴 때면 나도 함께 웃었다.

그러다 지인과 밥을 먹는 자리에서 상상도 못 했던 말을 들었다. 그걸로 영화를 만들어보면 어떻겠냐는 얘기였다. 사실 영화를 만드는 사람들은 모든 일을 영화와 연결 짓는 경향이 있다. 일상의 사소한 일을 두고도 영화 같은 일이라거나, 영화로 만들자는 이야기를 우스갯소리로 한다. 그렇기에 그냥 농담이겠거니 생각했다. 실제 경험이 영화가 될 수도 있다는 생각은 줄곧 해왔지만, 이번 사건에도 적용될 거라는 생각은 해본 적 없기 때문이다.

영화로 만들면 재밌겠다는 이야기를 여러 사람의 입으로 몇 번 더 듣다 보니 나도 모르게 영화의 제목은 뭘로 하면 좋을지 생각하고 있었다. 영화를 만들게 된다면 자기도 출연시켜달라는 친구들도 하나둘 생겨났다. 한 번 읽어보고 말았던 기사들을 다시 정독하고, 캡처해서 보관해두기 시작했다. 커뮤니티나 SNS에서 팬들의 반응을 수집해 따로 폴더를 만들기까지 했다. 그런데도 영화를 만들어야겠다는 확신이 생기진 않았다. 슬슬 뭔가가 진행되는 상황에 재미를 느끼면서도, 이게 영화가 되겠나 싶은 생각이 자꾸만 들뜨는 마음을 억눌렀다.

그러던 어느 날, 팬 사인회에서 줄을 서다 친해져서 덕질의 희로애락을 함께한 동생 은빈과 통화를 했다. 사전 취재라기보단 어디 털어놓을 데 없는 속마음을 들어주는 쪽에 가까웠지만, 우리는 오랜만에 긴긴 대화를 나눴다. 은빈은 말했다. 그 사람을 좋아하면서 수행하는 많은 일들(매일 이름을 검색하고, 음악을 듣고, 영상을 보는 것)이 당연한 일상이었다고. 그래서 한동안은 사건에 대한 글을 자세히 찾아보는 것으로 그런 일들을 대체하고 있었다고. 그런데 대중과 언론의 관심도 줄어들고, 새로운 소식을 전혀 접할 수 없는 상황에 접어드니 일상이 텅 비어버린 것 같다고. 이 말을 들으니 내 속에 있던 슬픔이 모습을 드러내기 시작했다. 웃고 털어버리려고 했지만, 그렇게 쉽게 넘어갈 만한 일이 아니었다. 추억을 빼앗기고 정체성을 상실한다, 다시는 예전과 같은 방식으로 행복을 찾을 수 없다, 이건 정말 슬픈 일이었다. 주제 넘는 생각이지만, 나는 은빈을 비롯한 친구들을 위로하고 싶었다. 그러다 보면 나도 그들에게 위로받을 수 있을 것 같았다. 서로의 마음을 가장 잘 아는 사람과 대화를 나눌 필요가 있었다.

*

그즈음에 오빠가 범죄자가 되어버렸다는 사실을 인정하지 못하거나, 인정 여부와 별개로 마음을 버리지 못하는 팬들도 있다는 사실을 알게 되었다. 덕질이 강제 종료된 팬들 심정이야 굳이 설명하지 않아도 헤아릴 수 있지만, 이런 상황에서조차 팬으로 남아 있겠다는 이들을 도무지 이해할 수 없었다. 도대체 왜 그러냐고, 제발 그만하라고 말리고 싶은 욕구가 턱 끝까지 차올랐다. 참으로 대단한 오지랖이다. 우습게도, 시간이 조금 지나고 나서야 내게도 그런 시절이 있었음을 깨달았다. 그때부터는 '왜'라는 질문의 목적지가 타인이 아닌 나 자신이 되었다. 나는 왜 그랬을까? 어떻게 그렇게까지 누굴 좋아할 수 있었던 걸까? 아무것도 보이지 않고 들리지 않았던 시절의 내가 꼭 남처럼 느껴졌다. 내내 함께였다는 사실이 낯설게 느껴지는 과거의 나와 여전히 남아 있는 팬들에 대한 궁금증은 날로 커졌다.

이게 영화가 될 수 있는지도 모르겠고, 어떤 영화를 만들고 싶은지도 명확하지 않았지만, 당장 만나고 싶은 사람과 듣고 싶은 이야기가 너무 많았다. 팬들의 이야기를 해보자는 결심 말고는 아무것도 정해지지 않은 상태에서 무작정 카메라를 들고 이곳저곳을 다니기 시작했다. 카메라조차 없으면 금방 흥미를 잃고 포기해버릴 것 같았다. 포커스가 잘 맞는지 어떤지, 이런 기술적인 것은 모르겠지만 일단 'Rec' 버튼을 누르고 눈앞에 있는 것을 모두 찍어보기로 했다. 인터뷰 방법론 같은 것 역시 모르지만 그냥 실컷 화내고 신나게 욕하고 소리 내 웃자고 생각했다. 별 의미 없는 것이라 할지라도, 날짜별로 폴더가 쌓이고 찍은 만큼 데이터가 쌓이니 뭔가를 하고 있다는 생각이 들었다. 그러다 보니 나는 이미 〈성덕〉이라는 영화를 만드는 사람이 되어 있었다.

*

이렇게 길고 장황하게 영화를 만들게 된 계기를 설명하게 될 줄 몰랐는데, 신이 나서 쓰고 나니 그냥 다 허세인가 싶기도 하다. 솔직히 말하자면, 벼락을 맞듯이 어떤 계기가 번쩍 하고 생기지는 않았다. 누군가 영화를 만들게 된 계기를 물으면 분노가 원동력이 되어 카메라를 들었다고도 했고, 궁금증이 생겼다고도 했다. 다 맞는 말이지만, 결국은 내가 하고 싶은 이야기라는 점이 가장 중요한 계기가 되었다. 우리가 겪은 웃기고 슬프고 화나는 상황에 대해 누군가에게 이야기하고 싶어서 입이 근질근질했다. 내가 이 이야기를 가장 재미있게, 잘 할 수 있을 거라는 은근한 자신감도 있었다. 갖은 이유를 들어 설명할 필요 없이 그냥 내가 하고 싶은 이야기였다는 것. 어쩌면, 〈성덕〉을 시작하게 된 계기는 이게 다일 것이다.

두번째 질문

영화에 출연한 사람들은
어떻게 섭외하셨나요?

나중에 이 영화를 볼 관객들을 위해 설명하자면, 〈성덕〉은 절반 이상이 인터뷰로 채워진 영화이다. 특별한 목표를 가지고 찾아간 사람이 한 명 있었고, 나머지 열 명의 인터뷰이는 모두 '망한 덕질'의 경험을 가진 사람들이다. 덕질이 어떻게 망할 수 있냐고? '오빠'가 범죄자가 되거나 그에 준하는 문제를 일으키면 내 의지와 무관하게 그렇게 된다. 망한 덕질의 부작용은 크게 두 가지이다. 첫째는 평생의 흑역사가 되어 놀림감이 되기 쉽다는 점, 둘째는 시간이 지날수록 좋았던 기억까지 까맣게 타버린다는 점이다. 물론 이 부작용은 슬프고 괴로운 감정의 롤러코스터를 한참이나 타고나서야 드러난다.

〈성덕〉에 등장하는 열 명의 인터뷰이들은 모두 오빠에 죽고 살던 한국 여자들이다. 덕질이 망해버렸다는 가슴 아픈 경험을 공유하고 있는 사람들이기도 하다. 그들에게 또 다른 공통분모가 있다면, 바로 나다. 사실, 영화에 등장한 인터뷰이는 대부분 나의 가까운 친구들이다. 초등학교부터 대학교까지 네 개의 학교를 거치며 인연을 맺은 친구들도 있고, 영화 일을 하며 만난 동료도 있으며 공통의 관심사로 연결된 덕메(덕질메이트)도 있다. 심지어는 나의 가장 오랜 친구인 엄마도 있다. 여하튼 나와 인터뷰이는 서로가 어떤 과거를 가지고 있는지 알기 전부터 이미 서로의 관계망 안에 있었던 사람들이다.

*

처음부터 친구들을 찍을 심산은 아니었다. 다만 영화에 나오는 사람들이 울지 않기를 바랐고, 하고 싶은 이야기를 진솔하게 해주길 바랐다. 제목이 〈성덕〉이니 유명 홈마나 팬 카페 운영자 등을 찾아갈 생각도 했다. 그렇지만, 영화 제작이라는 지극히 개인적인 목적을 가지고 대뜸 찾아가 도와달라고 할 수는 없었다. 고민 끝에, 심각한 이야기를 웃으면서 할 수 있는, 가장 솔직한 이야기를 해줄 수 있는 사람은 친구들이라는 결론에 도달했다. 구체적으로 어떤 친구와 인터뷰를 할지를 정하고 섭외하는 과정은 꽤 오랜 시간이 걸렸다. 아무리 가까운 친구들이라도 덕질의 역사를 낱낱이 알기는 어려웠기 때문이다. 워낙 열성적으로 덕질을 했던 탓에 내가 정 씨의 팬이었던 것은 다들 알고 있었지만(사실은 내가 자랑하고 싶은 과거를 열심히 떠벌리고 다닌 탓)

정작 나는 친구들의 과거를 알지 못했다. 그런데 신기하게도 친구들에게 '범죄자가 된 오빠 때문에 덕질이 끝난 팬'을 찾고 있다는 이야기를 꺼내면, 평화로웠던 대화가 순식간에 인터뷰이 오디션(?) 자리로 바뀌었다.

*

중학교 동창의 소개로 절친이 된 재원도 누군가의 팬이었을 거란 기대는 전혀 하지 않았다. 그저 영화로 연결된 인연이니 이런 영화를 만들면 어떨까 하고 물으려던 참이었다. 그런데, 전혀 예상하지 못했던 반응이 돌아왔다. 재원은 성추행으로 현장에서 체포되었다가 무혐의로 풀려난 가수의 팬이었다. 'N번방 사건'과 '단톡방 사건'이 연달아 터지며 성범죄에 대한 민감도가 훨씬 높아진 시기였기에 재원은 성범죄를 저지른 공인들을 떠올리며 크게 분노했다. 영화의 형식이며 장르, 주제의식에 대해 의견을 달라는 내 말은 이미 안중에도 없었다. 구오빠의 뻔뻔한 태도와 불쾌했던 탈덕의 기억이 되살아나 소용돌이치고 있을 뿐이었다. 재원는 이런 명언을 남겼다. "결과가 어찌됐건 내 마음속에서는 유죄다." 나는 이 말을 꼭 카메라 앞에서 다시 듣고 싶었다. 그때부터 생각지도 못한 친구들의 이름이 하나둘씩 크레딧에 오르기 시작했다.

쥬쥬 언니는 대학에서 알게 된 사람 중에 제일 웃긴 사람이었다. 그런 사람과 친구가 된 것은 큰 행운이었다. 한겨울에 언니가 살 집을 보러 다니느라 고생해도 웃음이 나오고, 기숙사 방에 갑자기 들이닥쳐 노래를 부르며 샤워를 해도 웃음이 나왔기 때문이다. 언니가 실수로 내 눈썹을 밀어버린 사건 이후에도 우리는 사이좋게 지냈고, 덕분에 더 큰 행운이 찾아왔다. 휴학까지 해가면서 찍으려는 영화가 무슨 내용인지 듣자마자, 언니는 말했다. "나 출연시켜줘."

언니는 각종 범죄와 사건사고로 폭발 직전에 이른 모 그룹의 팬이었다고 했다. 처음 듣는 얘기였다. 〈쇼미더머니〉 출연이 꿈이라는 쥬쥬 언니는 뜻밖에 얻게 된 데뷔(?)의 기회를 반가워했다. 언니도 덕질의 흑역사를 가지고 있다니, 나 역시 반갑기는 마찬가지였다. 이런 영화에 출연해도 데뷔가 가능한지는 모르겠지만 말이다.

승현 언니의 경우 예외적으로 사건 이전에 지난 덕질에 대한 이야기를 나눴던 친구이다. 모종의 이유로 석관동에 살고 있던 언니와 같은 동네에 있는 학교 기숙사에 살고 있던 나는 밤마다 비밀 회동을 하며 가까워졌다. 우리는 삭막한 석관동 풍경에 질려 가까이 있는 다른 학교에 밤 산책을 하러 갔다. 평소에도 맥락 없는 대화를 즐기는 터라 아무런 연관성이 없는 시시콜콜한 것들이 화제가 되었고, 좋아했던 연예인에 대한 이야기도 나왔다. 그러다 성공한 덕후였던 과거를 자랑하고 싶어진 나는 광장을 두 바퀴 도는 내내 중학생 때 텔레비전에 출연한 이야기와 각종 콘서트, 팬 사인회 경험을 늘어놓았다. 그때 언니는 음주운전과 뺑소니 등으로 자숙 중인 2세대 아이돌 스타 강 씨의 팬이었다는 사실을 밝혔다. 허심탄회한 언니의 고백에 안타까운 마음도 잠시, 왜 하필 그런 사람을 좋아했냐고 놀리듯 물었다(그러지 말았어야 했다). 그로부터 한 달 후 '단톡방 사건'이 기사화되었다. 언니는 펑펑 울며 전화를 건 나에게 물 많이 마시고 숨 크게 쉬라고 말해줬다. 이미 그런 시간을 경험한 사람만이 할 수 있는 위로였다. 몇 달 후, 언니는 인터뷰 요청을 흔쾌히 수락했다.

은빈과 민경의 경우 서로를 탐색할 시간조차 필요 없었다. 우리는 몇 년간 콘서트장과 팬 사인회 현장의 대기 줄에서 당연하게 얼굴을 마주하던 동료이자 형제였다. 사건 이후, 요동치는 마음을 진정시키고 정리하는 과정까지 함께했던 고마운 친구들이기도 했다. 영화를 준비하면서도 조언을 많이 구했고, 함께 나누던 이야기는 자연스럽게 인터뷰 제안으로 이어졌다. 은빈은 고민 끝에 하고 싶은 말이 많다며 출연을 결정했고, 민경은 하고 싶은 말이 없다고 하더니 두 번이나 촬영을 할 만큼 적극적으로 인터뷰에 응했다.

제각기 다른 인연으로 만난 친구들이 모두 비슷한 경험을 한 동지였다는 사실을 알게 되는 것은 특별한 경험이었다. 각자의 흑역사를 들을 때마다, 나는 웃음을 터뜨렸다. 비웃음이나 조롱 섞인 웃음이 아니라 주로 황당한 마음에 터져 나오는 실소였다. 너도? 나도. 유유상종이라 했던가. 끼리끼리는 사이언스라고 했던가. 어떻게 우리의 끝은 죄다 이 모양 이 꼴이냔 말이다. 다 웃고 나서야 전혀 웃기지 않은 상황임을 깨달았다. 놀라운 우연과 황당함의 연속은 가까운 사람들이랑 같이 재미있게 영화를 만들어보라는 누군가의 계시로 받아들이기로 했다.

가까운 사람들을 카메라 앞에 세웠다고 해서 마냥 편안한 것은 아니었다. 친구들 앞에서는 본래의 나를 숨기기가 어려웠다. 만약 취재를 목적으로 새로운 사람을 만났다면, 최대한 똑똑한 척, 숙련된 척, 여유로운 척할 수 있었을 것이다. 친구들 앞에서는 그럴 수 없었다. 말로는 괜찮다고 하면서 지진이 난 것처럼 흔들리는 동공, 카메라를 잡고 씨름하는 엉성한 손. 반복되는 실수에 커져만 가는 콧구멍…… 이런 모습으로는 영화를 만드는 사람으로서 신뢰를 줄 수 없을 것 같았다. 하지만 친구들은 내가 어떤 사람인지 이미 알고 있었다. 프로다운 척하려고 해도 친구들의 눈엔 땀을 삐질삐질 흘리며 고군분투하고 있는 내가 너무

나 투명하게 보였을 것이다. 그러니 멋진 감독이 되기를 포기하는 대신 출연자가 편안하게 이야기할 수 있는 청자가 되어준 거라고 생각하고 싶다. 어쩌면 친구들은 내가 멋있는 척하려고 애를 쓴 결과물이 이 정도였다는 사실에 약간의 충격을 받을지도 모르겠다.

과정이 어찌됐든 카메라라는 부담스러운 존재를 지우고 평소처럼 자유롭게 대화하는 모습을 담고 싶다는 목표는 이루었다. 카메라를 향해 자꾸만 곁눈질하던 친구들이 어느새 대화에 몰입해 욕설을 쏟아 붓고는 "이렇게 말해도 되냐"고 뒤늦게 눈치를 봤다. 박장대소를 해서 사운드가 찢어져도, 자꾸만 서로 말하려고 해서 오디오가 겹쳐도 다 나중 일일 뿐이었다. 그동안 하지 못했던 이야기를 속 시원히 털어놓는 통쾌함, 서로에게 100퍼센트 공감해줄 사람과 대화하는 희열이 훨씬 더 컸다. 불같이 화를 내기도 하고, 민망함에 머리카락을 쥐어뜯기도 했지만 다 함께라서 괜찮았다. 솔직한 마음을 보여줄 수 있는 사람과 카메라를 사이에 두고 마주 보는 일은 생각보다 더 재미있었다. 적어도 나에게는 그랬다.

*

〈성덕〉이 솔직한 영화라는 감사한 평을 듣게 된 데에는 영화에 출연한 친구들의 공이 크다. 내내 부끄러운 마음을 이기지 못해서 뭔가를 숨겨보려고 애를 썼던 나 역시 인터뷰를 다시 읽으면서 친구들의 용기에 감탄하고 반성하며 민망함을 떨쳐내려고 노력했다. 나야 내 영화니까 그렇다 치고, 친구들은 어떻게 그토록 솔직하게 다 말할 수 있었을까? 마음속 깊이 담아둔 이야기가 많아서 꺼내놓고 싶었을까. 지금껏 아무도 물어봐주지 않아서 갈증이 났던 걸까. 그래서 언젠가는 이런 얘기를 속 시원하게 털어놓고 싶었던 걸까. 단지 그뿐이었을까. 어쩌면 친구들은 나를 도와주기 위해 불편이나 위험을 감수하고 자기 이야기를 들려주었는지도 모르겠다. 숨죽여 눈물 훔쳤던 지난날을 공유하는 동지로서 눈앞의 친구뿐 아니라 미래의 관객까지 위로하고 응원하고 싶었는지도 모른다. 토로하는 것만이 목적인 사람이 카메라 앞에 설 이유는 없으니까. 확대 해석일까. 언젠가는 꼭 물어봐야겠다.

친구들은 영화를 만드는 내내 혼란을 겪느라 연출자로서 믿음을 주지 못했던 나를 나보다도 더 믿어주었다. 아이러니하게도 영화 덕분에 친구들과의 관계가 더욱 돈독해진 것 같기도 하다. 새로운 공감대를 발견한 데다 영화 제작이라는 기나긴 여정을 함께하게 되었으니 말이다. 심지어 이 여정은 영화를 다 만들었다고 해서 끝나는 것이 아니다. 여섯 군데에 백업해둔 〈성덕〉의 촬영본과 편집본이 소멸될 때까지는 끝나지 않는다. 우정을 인질 삼아 하는 부탁을 거절하지 않고 돕겠다고 나선 친구들에게 나는 평생 고마워할 것이다. 영화에 얼굴을 내밀고 이야기하는 어려운 일을 함께해준 친구들을 평생 기억할 것이다. 당신들의 목소리를 영화에 담을 수 있었던 것은 최고의 행운이었다고 말해주고 싶다.

처음 '사건'을 접했을 때
어땠나요?

그런 날이 있다. 이상하게 안 하던 짓을 하고 싶은 날. 대학에 입학하고 두번째로 맞이한 3월의 어느 날, 기숙사로 향하던 발걸음을 돌려 열람실에 앉아 책을 펼쳤다. 아침부터 저녁까지 수업을 듣고 당장 기절해도 모자랄 판에 다음 주에 있을 수업에 대비해 예습을 했다. 전례 없는 사건이었다. 쌀쌀한 바깥바람을 피해 들어간 곳이 왜 하필 도서관이었을까(참고로 내가 학교 도서관 열람실에서 자리를 잡고 앉아 무언가를 한 적은 거의 없다). 오랜만에 마주한 건조하고 평화로운 공기는 눈앞의 활자에 집중하게 만드는 데 효과적이었다. 그렇게 두 시간이 넘도록 시계 한 번 확인하지 않고 책장만 부지런히 넘겼다. 그때 읽고 있었던 책은 마이클 레비거의 『다큐멘터리 만들기』였다.

그런 날엔 꼭 드물게 찾아오는 누군가의 전화가 집중을 깬다. 별다른 친분 없이 지내던 고등학교 수학 선생님이었다. 복도에 나가 짧은 통화를 하고 돌아와서 휴대전화를 들여다봤다.

끝도 없이 이어진 메신저 알림. 새삼스럽지는 않았다. 우습게도 스물한 살의 나는 상당히 부지런한 '핵인싸'였기 때문에 하루에도 스무 명이 넘는 사람들과 일상적인 연락을 주고받았기 때문이다. 대충 훑어보며 스크롤을 내리는데, 짧은 글자들로 구성된 수십 통의 메시지가 눈길을 끌었다. 모두 동기 언니가 보낸 것이었다.

　– 야
　– 야ㅑ
　– 세여나
　– 세여ㅓ나...

대답 없는 이에 대한 수십 번의 호명을 거쳐, 급하게 써 띄어쓰기가 생략된 문자들이 이어졌다.

　– 어떡하냐진짜
　– 니잘못아니니깐
　– 더럽고빡치지만
　– 너무속상해하지말고ㅜㅜ
　– 힘내.......

수십 분 전에 날아온 메시지의 내용은 분명 한글로 쓰여 있는데 해독이 불가능했다. 내가 도서관에 있는 동안 도대체 무슨 일이 일어난 거야. 머릿속이 '엥?'으로 가득했다. 무슨 일이냐는 물음에 대한 언니의 답장은 간결했다.

– 네이버 들어가봐

생각지 못한 답변에 약간 맥이 빠졌지만, 읽던 책들을 저만치 밀어두고 포털 사이트 기본 화면을 보았다. 역시 평소와 조금 다른 날이라 그런지, 평소에는 관심도 없었던 실시간 검색어에 눈길이 갔다. 화면을 빼곡히 채운 기사 제목들 사이로 잠깐 머물렀다 사라지는 세 글자. 어라. 내가 뭘 본 거지. 꾹 눌러 확인해보니 실시간 검색어 1위가 그 사람이었다. 고정으로 출연하는 예능 프로그램의 반응이 좋은 날이면 가끔 이름이 걸리기는 했지만, 그날은 일요일이 아니었다. 그리고 사실 화제가 된다고 해서 1위씩이나 하던 사람도 아니었다. 잘된 일인가, 흐뭇함도 잠시, 불안감이 엄습했다. 월요일 밤에 그의 이름 석 자가 실검 1위에 오를 확률은 얼마나 되는가. 그게 좋은 일이 아닐 확률은? 미안하지만 꽤 높았다.

검색어 순위에 오른 단어들을 조합해보는 것만으로도 무슨 일인지 어느 정도 짐작이 갔다. 상황이 완벽하게 정리된 기사는 아직 보이지 않았으나 어느 매체에서 단독으로 보도한 모양이었다. 기사를 기다리며 동지들에게 연락을 돌렸다(여기서 동지들은, 덕질의 희로애락을 함께 나눈 친구들을 말한다).

 – 기사 봤어?
 – 이게 무슨 일이야?

급하게 타자를 치다가 그제야 언니가 왜 수수께끼처럼 메시지를 보냈는지 알게 되었다. 그걸 보고 듣고 읽는 것은 그렇다 쳐도 입에 올리기는 어려웠다. 가벼운 가십거리가 아니었다. 소화시키는 데 시간이 꽤 많이 걸리는 일이었다. 그러니 다짜고짜 연락해 '너네 오빠 범죄자 됐다'고 할 순 없었을 것이다. 내가 동지들에게 '우리 오빠 망했다'고 하기에도 어려움이 있었으니까. 차마 입에 올리지 못했던 그 사건은 시간이 조금 지나고 나서야 이름이 지어졌다. '정준영 단톡방 사건'이다.

*

짐을 챙겨 도서관에서 나오니 깜깜한 밤이었다. 흡연 구역에 앉아 담배를 피우며 한숨을 푹 쉬었다. 하필 그날 동행한 친구는 내 덕질의 역사를 거의 모르고 있었다. 화가 나고 속상하고 황당하고 소름 끼치는 마음을 털어놓기 위해 7년을 거슬러 올라가 팬이 된 순간부터 최근까지의 추억들을 하나씩 꺼내기 시작했다. 말을 하면 할수록 기분이 이상해졌다. 진짜 많이 좋아했는데, 결국 이런 식으로 끝났다. '성공한 덕후'였던 자랑스러운 추억은, 이제 흑역사가 돼버렸다. 단 몇 시간 사이에 세상이 바뀌었다. 머리로는 상황을 받아들이면서도 속마음은 달랐다. 소속사에서 무슨 말이라도 해주길, 아무 일도 없는 척 SNS라도 올려주기를 은근히 바랐다. 다 포기한 사람처럼 한숨을 내쉬면서도 실처럼 가느다란 희망의 끈을 붙들고 있었다. 미련하게도.

친구를 집으로 보내고 기숙사 입구에 앉아 다시금 담배를 물고 생각했다. 이게 도대체 무슨 일일까. 머리가 너무 복잡했다. 올라가서 푹 쉬고 싶은 마음이 간절하면서도, 담배를 피우러 내려온 기숙사 친구들이 하나둘 내려와 함께 있어 좋았다. 대화에 집중하기는 힘들어도 웃음 소리가 나면 따라 웃고, 라이터를 찾으면 나도 따라 불을 붙였다. 얘들아 나 이제 어떡해, 하고 한숨도 한 번씩 쉬었다. 두통이 점점 강하게 느껴졌다. 그런데 아무도 없는 방에 올라가서 혼자가 되면 감정의 소용돌이를 감당할 수 없을 것만 같아 두려웠다.

그런 날, 미묘하게 평소와 다른 선택을 하는 날. 우연하고 드문 일이 일어나는 날. 그날은 아직 끝나지 않았다. 시시콜콜한 이야기를 나누던 친구들이 갑자기 무서운 이야기를 시작했다.

기숙사에 귀신이 있다고 했다. 워낙 겁이 많아서 공포영화는 근처에도 가본 적도 없는 나는 그제야 친구들의 대화에 참여하기 시작했다. 제발 하지 말라고 빌기 위해서였다. 언제 바뀌어버렸는지도 모를 대화의 흐름에서 나를 제외한 모든 이들이 신난 얼굴이었다. 그런 얘기 하지 말자는 내 말은 오히려 친구들의 장난기를 부추겼다. 세상의 모든 괴담을 다 읊어댈 기세였다. 그래서 나는 또 안 하던 짓을 하고야 말았다. 큰 소리로 화를 내고 방으로 올라가버렸다. 평소 같으면 웃으면서 같이 장난치고 말았을 텐데. 누가 먼저 올라가자고 하기 전까지는 흡연 구역에 계속 앉아 있었을 텐데. 그날은 욱하는 마음에 그러기가 싫었다.

씩씩거리며 방에 도착해 가방을 내팽개쳤다. 2층 침대에 올라가 베개에 얼굴을 파묻었더니 눈물이 났다. 엉엉 울었다. 꺽꺽대며 울었다. 우는 내내 머리가 지끈거렸다. 물을 마시며 숨을 정리하고, 두통약을 챙겨 먹으면서 생각했다. 나 왜 울었지. 아주 오랜만에 펑펑 울었는데, 꼭 기숙사 괴담 때문만은 아닌 것 같았다. 온종일 있었던 일이 차곡차곡 쌓여서 눈물샘을 개방한 것이다. 일상의 작은 어려움들 사이에 낀 내 오빠의 중범죄 의혹은 유독 부피가 컸다. 어쩌면 도서관에서부터 참고 참았던 눈물일지도 모르겠다.

몇 시간이 흐른 후에 SNS와 인터넷 기사를 싹 뒤지면서 생각했다. 진짜구나. 예전 같았으면 하루고 이틀이고 일주일이고 오빠가 무슨 말을 하기만을 기다렸을 것이다. 하지만 이젠 아니다. 오랜 팬 경험으로 터득한 기술 중 하나는 눈치껏 상황을 파악하는 방법이다. 시간이 이만큼 흐를 때까지 변명도 해명도 올라오지 않는다, 이건 그냥 할 말이 없다는 뜻이다. 잠시만 그대로 두어도 명예에 치명적인 손상을 입을 범죄 의혹에 대해 아무말도 하지 않는 것은 포기했다는 뜻이다.

*

여성 혐오 범죄에 분노하고 공인의 사건사고에 예민하게 반응하면서, 내가 좋아하는(좋아했던) 연예인이 성범죄자가 될 수도 있다는 생각은 한 번도 해본 적 없었다. 하긴, 그런 상상을 하는 것도 이상하긴 하다. 왠지 기시감이 느껴졌다. 이름과 죄목만 바뀌고 끝없이 반복되는 레퍼토리. 어제까지만 해도 연예면에 이름이 오르던 사람이 사회면 단골손님이 되는 상황. 달라진 점이 있다면, 그땐 혀를 차고 욕하기 바빴지만, 지금은 어떤 말을 해야 할지 모르겠다는 것이다. 성관계 장면의 불법 촬영 및 유포, 준강간 같은 활자를 너무 많이 봐서 현실 감각이 떨어졌다. 머리로 인지하는 것과 마음으로 받아들이는 것 사이엔 시간차가 많이 났다.

그래 사실은 그럴 줄 알았어, 아니 그럴 줄 몰랐어, 이렇게 마음의 소리가 엎치락뒤치락했다. 식음을 전폐하고 그의 발언을 기다렸던 기자회견 날, 친구들에겐 '죄송한 척하고 오겠다'며 히죽거렸음을 알게 되었을 땐 너무 상처받아서 세상이 무너지는 줄 알았다. 내가 알던 모습과 영 딴판이라는 생각에 배신감이 들었고 그런 사람을 지지했다는 사실 때문에 죄책감이 들었다. 좋아했기 때문에 더 화가 나고, 부끄럽고, 민망했다. 그러다가 별생각 없이 재생한 플레이리스트에서 그 사람 노래가 나오면 많이 슬퍼졌다. 그런 시간을 통과하며 경험한 수백 가지 감정을 언어로 온전히 정리하기란 불가능했다. 그러니 사건을 접한 후의 심경을 글로 풀어내기는 쉬운 일이 아니었다. 오빠가 범죄자가 되었다는 사실을 인정한 후에도 혼돈은 계속되었다. 이 모든 상황을 어릴 적 읽었던 동화책처럼 명쾌한 문장으로 마무리할 수가 없었다.

'오래오래 행복하게 살았답니다'는 이제 불가능하고, '그렇게 범죄자가 되었답니다'로 끝내기에는 어딘가 찝찝한 구석이 있었다. 오빠가 범죄자가 된 것이 긴긴 덕질의 결말이기는 했지만, 우리 인생의 결말은 아니었다. 범죄자가 된 오빠를 뒤로하고, 앞으로 우리가 보낼 시간이 더 중요했다. 혼란에서 빠져나올 수 없다면, 혼란과 함께 잘 살아내는 노력이 필요했다. 친구들과 많은 이야기를 나누었다. 자기 자신을 탓하지 말자고 다독이며 서로서로 위로해주었다. 그리고 생각했다. 어쩐지 이상했던 그날, 오빠가 범죄자가 되어버린 그날, 하필이면 그날 다큐멘터리 책을 읽고 있었던 것이 정말 신기하다고.

덕질을 할 때
가족들의 반대는 없었나요?

　학생들의 덕질은 왜 이리 고단할까. 공부를 안 하겠다는 것도 나쁜 짓을 하겠다는 것도 아닌데, 죄인처럼 움츠러들고 자꾸만 눈치를 보게 된다. 아마도 돈 때문일 것이다. 덕질을 하면 좋아하는 만큼 돈을 쓰게 되는데, 학생에겐 그만한 돈을 마련할 능력이 없다. 그러니 경제적 지원을 해줄 수 있는 보호자의 허락이 필수이다. 서울 바깥에 사는 사람은 금전적인 부담이 배가 된다. 새벽부터 줄을 서면 무료로 입장할 수 있는 공연이나 오픈 스튜디오에서 진행하는 공개방송도 그림의 떡이다. 서울로 향하는 철도와 고속도로에 뿌리고 다니는 돈이 결코 적은 금액이 아니기 때문에 부산에 살던 나에게 완벽한 공짜는 없었다. 그러니 엄마를 설득하는 것은 중요한 관문이었다.

*

여러 시즌째 화제가 된 오디션 프로그램이 끝난 후 주요 멤버들이 전국 투어 콘서트에 참여했다. 물론 나의 구오빠인 그 사람도 함께. 부산 콘서트는 투어의 막바지 일정이라 12월 31일 밤에 예정되어 있었다. 말도 안 되게 낭만적이었다. 당신을 알게 된 의미 있는 해의 마지막 날을 함께 보내다니! 두근대는 마음을 안고 콘서트 예매 일정을 찾아봤다. 이미 표를 팔기 시작한 지도 한참이 지나 있었다. 초보 팬의 부족한 정보력은 이런 데서 드러났다. 그래도 내 자리는 있을 거라는 생각으로 남은 좌석을 살폈다. 무대에 선 사람이 이쑤시개만큼 작게 보일 정도로 멀고 높은데 있는 좌석을 제외하곤 전부 회색빛, 다시 말해 다 팔렸다. 치열한 경연과 문자 투표 끝에 순위를 결정하는 오디션 프로그램 출연자들은 정식으로 데뷔를 하기 전에 이미 탄탄한 팬덤을 갖게 된다. 심지어 전 국민적인 인기를 끌던 프로그램이었던 만큼 꼭 특정 참가자의 팬이 아니더라도 콘서트에 가겠다는 사람들은 넘쳐났다. 그런 사실을 간과하고 뒷북을 마구 친 것이다. 하지만 내 생애 첫 콘서트 관람은 바로 여기서 해야 한다는 고집은 꺾을 수 없었다. 이쑤시개존이라도 어떻게든 들어가고 싶었다.

엄마한테 전교 1등을 할 테니까 콘서트에 보내달라고 부탁했다. 부탁이라고는 하지만, 엄마 입장에서는 당당한 요구로 보였을 것이다. 학생이 성적을 인질 삼아 원하는 것을 얻어내려는 얕은 수가 새롭지 않게 느껴졌지만 딱히 방법이 없었다. 하지만 결과는 실패. 당연했다. 나는 엄마에게 공부하라는 말을 들어본 적이 거의 없었다. 당연히 성적을 올리면 뭔가를 해주겠다는 제안도 받아본 적 없다. 시키지 않아도 알아서 하는 성향은 이럴 때 도움이 안 됐다. 그렇지만 무작정 떼를 쓰는 것보단 내가 할 수 있는 무언가를 거는 편이 낫지 않은가. 나는 엄마를 계속 설득했다.

콘서트에 보내달라는 소리는 처음 듣다 보니 엄마도 많이 당황하신 것 같았다. 집안 형편을 생각하면 표 값은 꽤 부담스러운 금액이었다. 더욱이 중학생 혼자서 밤 11시에 시작하는 공연을 보러 가는 것은 무리라고도 하셨다. 지금이야 엄마의 마음이 어땠을지 짐작이 가지만, 그땐 눈에 뵈는 게 없었다. 이런 곳에 꼭 가보고 싶었다고, 학생 할인이 된다고, 친구랑 같이 갈 거라고, 그러니 보내달라고 끊임없이 엄마를 졸랐다. 내 인생에서 가장 철없는 짓이었다. 결국 엄마는 본인에게 아무런 이득도 없는 '콘서트에 보내주면 전교 1등을 하겠다'는 협상 조건을 받아들이고 콘서트 표를 사주셨다. 끝내 긴장의 끈을 놓아버렸는지, 아니면 덕질의 재미에 빠져 정신을 못 차렸는지 기말고사 성적은 열 계단 이상 내려갔다. 그렇지만 어쩌겠나. 티켓은 이미 내 손 안에 있었다.

콘서트홀 3층 꼭대기에 앉아 이쑤시개보다 작고 코딱지보다 더 작은 오빠를 보고 오니 애정은 더 커졌다. 하루에 네 시간 이상 컴퓨터 앞에 앉아 팬 카페를 들여다보는 일이 일상이 되었다. 새로 얻은 정보가 있으면 이야기하고, 잘 나온 사진을 가족들에게 자랑하는 것도 자연스러운 일이 되었다. 그가 출연하는 방송은 물론이고 몇 달간 DJ를 했던 라디오 방송도 온 가족이 함께 보고 들었다. 하도 듣다 보니 친밀감이 생겼는지 엄마와 언니가 먼저 그 사람의 안부를 묻기도 했다. 엄마와 데이트하다 같이 앨범을 사러 가기도 했고, 다른 지역에 공연이 잡혔다는 정보를 얻으면 기차역까지 걸어갔다가 돌아오는 산책길에 표를 예매했다. 가족과 함께 보내는 시간에 나의 덕질이 자연스럽게 스며든 것이다.

*

물론 처음부터 그러지는 않았다. 팬 미팅을 보러 서울에 가겠다 했을 때, 엄마와 나는 처음으로 냉전을 벌였고 체감상 일주일(실제론 24시간 정도) 동안 서로 아무런 대화도 하지 않았다. 부산 공연에 보내준 것만으로도 고마워해야 할 판에 한술 더 떠서 서울에 가겠다니. 엄마의 표현을 빌리자면 '간이 배 밖으로 나온' 거다. 자유를 억압하지 말라고 하기엔 돈이 없었다. 살살 눈치를 보면서 가고 싶은 이유를 열 가지도 넘게 읊어대는 수밖에.

엄마가 서울행에 반대하는 이유가 돈 때문만이 아니라는 사실은 알고 있었다. 어린 내가 보호자도 없이 멀고먼 서울을 가겠다는데 달가울 리 없다. 그렇지만 그 사람 인생의 첫 팬 미팅을 놓칠 수는 없었다. 전설이 될 순간에 내가 함께하지 못한다면 내내 고통스러울 터였다. 엄마를 설득할 방법을 다시 한번 모색했다. 부산에서부터 함께 갈 어른인 이모 팬이 있고, 교통비와 표 값은 엄마가 빌려주면 차차 갚겠다고. 혼자 다니지 않고 팬 미팅 마치는 대로 부산으로 돌아오겠다고. 어떤 대화들이 오갔는지 정확히 기억나진 않지만, 나의 서울행은 며칠 만에 확정되었다. 엄마가 이번에도 나에게 져준 것이다. 표를 구입하는 일을 도와줄 이를 구하고 팬 미팅에 입고 갈 옷을 고르느라 정신없고 설레는 날들이 이어졌다.

이윽고 나는 번개장터와 중고나라의 노련한 판매자가 되었다. 이 무슨 뜬금없는 흐름인가? 앞서 엄마를 설득하는 과정에서 '교통비와 표 값은 엄마가 빌려주면 차차 갚겠다'고 말한 것이 화근이 되었다. 아르바이트를 하기엔 너무 어렸고, 인형 눈알을 붙이거나 피자 상자를 접는 부업은 드라마에서나 쉽게 볼 수 있지 현실에선 구하기도 어려웠다. 용돈 500원을 받는 구두 닦는 일을 할 기회도 없었기 때문에 내가 선택한 방식은 중고 거래였다. 아끼다가 내 성장 속도를 따라오지 못해 작아져버린 옷, 버리기는 아까워서 쌓아둔 몇 번 신지 않은 신발들, 이미 다 읽은 동화 전집 등이 주요 상품이었다. 공들여 사진을 찍고 설명까지 덧붙인 다음 중고거래 어플과 카페에 올렸다. 나에겐 필요 없는 물건들이었는데 수익이 꽤 쏠쏠했다. 한 푼씩 모아서 엄마에게 진 빚을 갚거나 서울행 여비로 썼다. 사실상 옷도 신발도 책도 엄마가 사준 것들이니 판매 금액을 전부 엄마에게 드려야 하지만, 판매자의 노고를 인정받은 셈이었다.

*

원하는 것을 쟁취하기 위한 노력이 기특했는지, 아니면 별탈 없이 잘 놀고 와서 안심이 됐는지 엄마의 반대는 차츰 사라졌다. 이제 허락을 구하는 대신 언제 어디로 가기로 했다는 식으로 통보를 하게 됐다. 그런 순간이 오기까지 참 많은 설득과 눈치싸움이 이어졌다. 〈성덕〉의 인터뷰이가 된 엄마를 마주하면서 이렇게 마음 넓은 엄마가 있었기에 수많은 팬 사인회와 콘서트, 공개방송을 뛸 수 있었음을 비로소 알게 됐다. 나쁜 짓 하지 않고 공부와 덕질, 이 두 가지만 꾸준히 병행해서 다행이었다고, 내가 거짓말을 하지 않고 어디 가는지 말해줘서 좋았다고 엄마는 나중에 말씀하셨다. 마땅한 이유 없이 무조건 반대부터 하고 보는 사람이 아니라 내가 하고 싶은 일이 무엇인지 알아봐주고 내 힘으로 할 수 있게 도와준 엄마에게 감사드린다. 그런 엄마에게 한 가지 고백할 게 있다.

엄마. 일본에 있는 친척이 선물로 준 보온병이 갑자기 사라졌잖아. 범인은 나야. 내가 팔았어. 덕질 자금을 마련하느라 눈에 띄는 것은 모조리 팔아버려서 집안을 거덜 낼 뻔했던 딸을 이제라도 용서해주길 바라요. 사랑해요.

영화 속 기차 장면들이
유독 기억에 남습니다

기차를 참 많이 탔다. 덕질을 하면서도, 영화를 찍으면서도.

*

서울은 중학교 수학여행 때 처음 가봤다. 짧게 하루 이틀 기웃거리기에는 너무 거대한 도시였기에 우리는 관광버스를 타고 부산하게 움직였다. 용인에 있는 놀이공원에서 하루, 청계천과 창덕궁, 청와대 같은 명소를 구경하며 하루를 보낸 다음 바로 부산으로 돌아오는 일정이었다. 정해진 일정대로 다 같이 움직이는 여행의 특성상 어쩔 수 없었다. 그리고 생각했다. 언젠가는 다시 서울에 오겠다고. 그땐 마음 닿는 곳으로 성큼성큼 걸어보겠다고. 1년이 채 지나지 않아 서울에 가게 됐다. 그런데, 서울에서 보낸 시간보다도 서울로 향하는 길에 보낸 시간이 훨씬 더 기억에 남는다.

*

　나는 그 사람을 만나러 갈 때 처음으로 기차를 타봤다. 아, 좀 더 자세히 말하자면 처음으로 KTX를 타봤다고 해야겠다. 초등학생 때 무궁화호를 타고 밀양에 갔던 기억이 어렴풋이 있다. 그땐 KTX가 지금보다 훨씬 비쌌고, 밀양이 고속열차를 탈 만큼 먼 데도 아니어서 무궁화호에 만족했다. 그렇지만 서울이다. 서울까지 무궁화호를 타고 다섯 시간이나 걸려서 가기는 무리였다. 두 배 빠른 대신 두 배 비싼 KTX 표를 큰 맘 먹고 끊었다. KTX라 해도 좌석 간격이 좁아 간이 탁자를 내리면 몸을 움직이기 힘들었지만, 그런 불편은 충분히 감수할 수 있었다. 이제 기차는 단순한 이동수단이 아니니까. 내게 너무나도 특별해지기 시작했으니까.

　팬 미팅이 열리는 콘서트홀까지 당장이라도 달려가고 싶었지만, 우선 시간을 견뎌내야 했다. 기차에 탑승한 이상, 종착역에 닿기까지 기다릴 뿐 더 빨리 도착할 수 있는 방법은 없었다. 무력감을 느끼면서도, 한편으로는 이 당연한 사실을 받아들이고 나니 느껴지는 것들이 있었다.

　창밖으로 휙휙 지나가는 풍경들, 어쩐지 쾌적하게 느껴지는 기차 안의 공기, 한겨울에도 눈부시고 따뜻한 햇살. 편의점에서 사온 간식거리를 먹으며 이어폰을 귀에 꽂았다. 수백 번을 들었지만 질리지 않는 노랫말을 속으로 따라 불렀다. '오늘은 얼마나 잘생겼을까. 오늘은 무슨 곡을 부르려나. 오늘은 어떤 이야기를 들려줄까.' 즐거운 상상이 꼬리에 꼬리를 물었다. 설레고 두근거리는 마음이 가득해서인지, 세 시간 가까이 되는 기나긴 이동 시간이 아주 짧게 느껴졌다. 기다림조차 행복한 것이 사랑이라고 했던가. 그렇다면 이건 틀림없이 사랑이다.

콘서트나 팬 미팅, 공개방송 등 그의 서울 일정을 따라 기차를 타다 보니 기차에서 하는 일에 나름의 규칙이 생겼다. 처음에는 창밖을 하염없이 바라본다. 하늘과 맞닿아 있는 강을 지나면 펼쳐지는 넓은 들판, 다닥다닥 붙어 있는 작은 집들, 이따금씩 스쳐 지나가는 반대편 열차까지. 계절마다 다른 풍경들은 늘 반가웠다. 아무리 봐도 새로운 창밖 풍경에 눈이 시릴 무렵, 가방에서 일기장을 꺼낸다. 펜을 잡고 써내려가는 문장에 집중하다 보면 내가 앉은 자리는 나만의 좁은 방이 된다. 누구도 말 걸지 않는, 무엇에도 방해 받지 않는 작고 소중한 공간. 그곳에서 순간의 기분이나 생각을 기록하는 일은 또 다른 즐거움이었다. 때로는 일기장이 아닌 편지지를 꺼내기도 했다. 편지를 쓰는 대상은 항상 그 사람이었다. 바깥 구경이 끝나고, 일기나 편지도 다 써갈 무렵이면 휴대전화를 한참 들여다봤다. 사실상 덕질의 8할은 휴대전화를 꼭 붙잡고 있는 것이다. 새로운 소식이 없는지 숨 쉬듯이 들여다보고, 물 마실 때마다 한 번씩 그 사람의 이름을 검색해보고, 별일 없어도 트위터나 팬 카페에 올라오는 글을 다 살펴봐야 한다. 한두 달 내에 앨범이 나왔다면 노래를 반복 재생해야 하고, 뮤직비디오 등의 조회수도 신경 써야 한다. 그러니까 덕질하는 사람은 언제나 바삐 살게 된다. 기차에서도 예외는 아니다. 빨려들 것처럼 휴대전화 속의 세상에 집중하다 보면, 어느새 서울에 도착했음을 알리는 정겨운 음악이 흘러나왔다.

잠시 눈을 붙이는 것도 아까워하면서 알뜰하게 보낸 혼자만의 시간이 참 좋았다. 신촌부터 홍대까지 거리를 휘젓고 다니고 홀로 경복궁을 산책하기도 했지만, 기억에 남는 것은 기차에서 보낸 시간이다. 바깥 공기를 들이마신 시간보다 기차에 앉아 있는 시간이 더 길어서 그랬을지도 모르겠다. 돌아오는 기차에선 기대한 만큼 실망하거나 신나게 논 만큼 피곤할 때도 있었다. 하지만 서울로 향하는 기차 안에서 나는 늘 즐거운 상상을 하며 들떠 있었다. 아마 그 시절 부산-서울행 기차에서 가장 행복한 사람은 나였을 것이다. 나를 무조건 행복하게 해줄 수 있는 사람에게 가는 길이었으니까.

*

다시 서울과 부산을 오가는 기차를 줄기차게 타게 된 것은 영화를 만들기 시작한 후였다. 휴학을 결심하고 거처를 부산으로 옮겼으나 서울로 촬영을 가는 일이 잦았다. 처음 간 곳은 법원이었다. 찐득하고 지독하게 더웠던 7월 중순, 첫 공판이 열린다는 소식을 들었기 때문이다. 법정 촬영은 금지돼 있음을 알고 있었지만, 재판 현장을 보고 싶었다. 가는 길이나 주변 풍경이라도 어떻게든 찍고 싶었다. 그래서 서울 여행을 접은 지 한 달 만에 다시 서울행 기차에 올라탔다. 몇 해 전과는 완전히 뒤바뀐 상황이 참 안타까웠다. 두근거리는 심장을 주체하지 못했던 지난날의 나는 상상조차 하지 못할 이유로 기차에 올랐다. 이제 산뜻한 마음으로 목적지에 도착하기만을 기다릴 수 없었다. 기차에서 내린 뒤 마주할 광경을 생각하면 그저 한숨만 나왔다.

재판 방청과 관련해서는 정보도 요령도 없어서 무작정 출발했더니 눈앞이 캄캄했다. 본격적으로 카메라를 잡는 것은 처음이니 긴장되기도 했다. 두려웠다. 설레거나 기대하는 일 없이 절망에 사로잡혔지만 그렇다고 가만히 있을 수는 없었다. 넋 놓고 창밖을 바라보다 말고 빠르게 흘러가는 풍경을 촬영했다. 진한 푸른빛으로 겹겹이 늘어선 나무들과 구름이 비치는 강가를 눈 대신 카메라에 담았다. 빽빽하게 들어찬 아파트와 두꺼운 전선들로 연결된 송전탑도 담았다. 산 아래로 난 터널을 지날 때면 유리창에 비치는 내 모습이 선명하게 보여서 깜짝깜짝 놀라기도 했다.

무언가를 쓰는 일도 계속했다. 하지만 손이 아픈 줄도 모르고 신이 나서 쓰던 일기도, 사랑 가득 담아 눌러쓴 편지도 아니었다. 미리 써둔 촬영계획서를 다시 살피고 조금씩 손을 봤다. 법원으로 향하는 마음도 기록했다. 말줄임표가 난무하고 '어휴' '하' 같이 한숨을 옮겨놓은 글자들에 불과했지만, 일단 썼다. 언젠가는 쓰일 거라고 생각했다(실제로 영화 속 내레이션을 글로 쓸 때, 그런 기록들이 도움이 됐다). 노래를 들으며 감정을 다잡기도 하고, 새로 올라온 재판 관련 기사는 없는지 확인했다. 알맹이는 조금 달라졌지만 예전처럼 창밖을 구경하고 뭔가를 쓰고 휴대폰을 봤다. 평소엔 게으르게 늘어져 있으면서 기차에만 타면 사부작거리면서 나름대로 치열한 시간을 보냈다. 예나 지금이나 비좁은 좌석에 앉아 부산스럽게 움직이는 것은 매한가지였다.

간이 탁자에 맥북을 올려놓고 급하게 편집을 하기도 했고, 자리엔 제대로 앉지도 못한 채 연결통로에서 전화만 하기도 했으며 창밖을 수차례 찍기도 했다. 또 어떨 때는 촬영을 다녀와서 보고 듣고 느낀 점을 빠르게 기록하고 밀린 잠을 보충하기도 했다. 덕질을 하던 중학생 때보다 〈성덕〉을 만들면서 기차와 함께한 추억이 더 많아지고 있었다. 그리고 어린 날 꿈꿨던 도시, 서울에서 영화를 완성했다.

*

빈도가 줄어들기는 했지만, 영화를 다 만들고 나서도 기차를 타는 일이 종종 생겼다. 제출이 늦어진 상영본을 직접 배달하고, 부산에 있는 엄마와 친구들을 보러 가기도 했다. 영화제 상영 일정에 따라 부산으로, 대구로, 목포로 기차를 타고 오가기도 했다. 그럴 때마다 생각했다. 기차에서 내린 후에 펼쳐질 일들을 기대하던 열여섯의 나를. 그리고 기차에서 내린 후에 펼쳐질 일들을 걱정하던 스물하나의 나를. 지나고 나서 생각해보니 어떤 목적으로 기차에 올랐든 모든 게 여행이었다. 그렇기에 그때의 기록들은 모두 일기이면서 기행문이었다. 기행문 같은 영화를 만들고 싶다는 바람이 현실이 된 데에는 기차의 역할이 컸다. 영화 〈성덕〉으로 기차를 타는 일이 계속된다면, 덕질로부터 시작된 이 여행이 당분간은 이어질 것 같다.

덕질이 끝난 후,
굿즈는 어떻게 됐나요?

얼떨결에 덕질이 끝나버렸지만, 여전히 남아 있는 것들이 많다. 미련이나 분노 같은 감정 말고, 조금 더 구체적인 것들. 많이 좋아하면 더 알고 싶어지고, 더 알게 되면 그게 멋있어 보이고, 멋있어 보이면 닮고 싶어지는 것은 자연스러운 수순이다. 좋아하는 사람과 닮아가고 싶다는 욕망으로 부단히 노력해서 얻어낸 결과물은 이미 내 것이 되었기 때문에, 덕질이 끝났다고 해서 사라지지 않는다. 꽤 오랫동안 좋아했으니 그 사람의 습관이나 사고방식 역시 나에게 관성처럼 남아 있다. 처치 곤란한 어마어마한 추억들은 덤이다.

*

그중에서도 굿즈에 대해 이야기하고 싶다. 나는 공식이든 비공식이든 신경 쓰지 않고 그 사람의 얼굴이나 이름이 인쇄된 모든 종류의 물건들을 다 가지려고 했다. 엄청나게 유치하게 시작했다. 그 사람이 오디션 프로그램에 출연할 때여서, 굿즈를 대량 생산할 리 없었다. 어쨌든, 연예인은 아니었으니까. 하지만 뭐라도 가지고 싶었기 때문에 자체 제작을 하기로 했다. 좋아하는 사진을 모은 다음, 컴퓨터에 깔려 있는 그림판 프로그램을 이용해 하나의 파일로 편집하고 저장해서 친구에게 보냈다. 프린터가 없었기 때문이다. 착한 친구는 과제물을 인쇄하는 척하고 비싼 컬러 잉크를 잔뜩 써가며 사진을 뽑아줬다. 그걸 받아든 나는 아주 신중하게 가위질을 했다. A4 용지 한 장에 띄엄띄엄 출력된 사진 대여섯 장을 분리하는 작업이 필요했기 때문이다. 자석이 붙어 있는 각진 필통 위에 작게 자른 사진 조각들을 얹었다. 어떻게 배열할지 고심한 끝에, 마음에 드는 사진의 조합을 찾아 투명테이프로 붙였다. 오빠의 사진이 잔뜩 붙은 필통을 만든 것이다. 20년쯤 전에는 수작업으로 사진을 인쇄해 만든 책받침이 유행했다는 사실을 나중에야 알게 되었다. 1세대 아이돌 팬이 주인공인 드라마 〈응답하라 1997〉 덕분이었다. 예나 지금이나 팬들 생각이란 다를 게 없다는 사실이 너무 웃겼다.

이후 그 사람은 데뷔를 했고, 덕분에 내 덕심도 더욱더 활활 타올랐다. 인기 아이돌의 명찰과 조악하게 편집된 스티커 팩 같은 것이 유행하던 시절이었다. 하지만 그 사람은 또래에게 인기 있는 아이돌이 아니어서 수많은 굿즈를 팬들이 직접 제작해야 했다. 볼터치나 하트를 그려 사랑스럽게 꾸민 스티커, 아름다운 순간만 모아둔 달력, 직접 찍은 고화질 사진 세트까지. 보고만 있어도 기분이 좋아지는 굿즈들이 수십 수백 가지씩 쏟아져 나왔다. 거기서 그치지 않았다. 굿즈를 제작하는 팬들의 창의력은 참으로 대단했다. 그 사람의 타투 모양을 본떠 만든 전자파 차단 스티커, 사인과 메시지가 각인된 보조 배터리와 기타 피크, 무대에 선 모습을 그대로 빼다 박은 도장, 그의 이니셜이 들어간 팔찌, 심지어 수건이나 쿠션, 안경닦이까지 있었다. 인쇄한 로고나 사진으로 제작이 가능한 모든 물품이 굿즈가 될 수 있었던 것이다.

굿즈는 보통 온라인을 중심으로 판매되었다. 떡 메모지나 스티커 등은 당시 10대들이 즐겨 사용하던 SNS인 카카오스토리에도 많이 올라왔다. 그런데 3000원짜리 메모지를 사면서 택배비로 같은 금액을 지출하는 것이 그렇게 아까울 수가 없었다. 판매자도 그런 사정을 모르지 않았기에 3000원을 내고 안전한 택배로 받을지, 분실할 가능성이 있지만 500원밖에 안 하는 일반 우편으로 받을지를 꼭 물었다. 우편으로 받기를 선택하면 일주일 내내 우체통만 들여다봤다. 콘서트나 팬 미팅 등 중요한 행사가 있을 때는 한정 수량의 굿즈를 현장에서 구매할 수도 있었다. 물론, 소속사에서 자체 제작한 공식 굿즈를 팔기도 했으나 응원봉이나 슬로건, 수건처럼 당장 쥐고 흔들어야 하는 주요한 아이템뿐만 아니라 인기가 많아 살 수 없었던 굿즈의 재고도 팔았다. 판매자와 구매자로 만났지만, 같은 사람의 팬이라는 이유로 서로를 애틋하게 여겼다. 그래서 늘 상냥하게 인사하고 안부를 묻고, 자잘한 간식거리나 스티커, 부채 같은 덤을 나누어 주었다. 항상 서로의 존재에 고마워했고 그걸 표현했다.

*

내가 소장하고 있던 그 많은 굿즈를 다 직접 구매한 것은 아니다. 선물 받은 것들이 훨씬 많았다. 이모 팬이 다수인 팬덤 내에서 나이가 어리다는 것은 특권이었다. 이모들은 공부 열심히 하라는 말조차 그냥 하지 않았다. 맛있는 것도 사주고, 굿즈도 한아름 챙겨주셨다. 그땐 이모들이 부자라서 굿즈를 여러 개씩 사서 나누어주나 싶었는데 지금 생각해보면 예쁜 것을 같이 보고 싶은 마음 때문이었던 것 같다. 또래 팬들과 만날 때도 굿즈는 빠질 수 없었다. 100장씩 판매하는 메모지를 스무 장 정도 떼어 디자인이 다른 메모지를 가진 친구와 교환하거나 다양한 종류의 스티커를 이것저것 모아 봉투에 담아 선물했다. 팬 카페에서 알게 된 전국 각지의 친구들에게도 집 주소를 물어 과자 한 봉지와 굿즈 몇 가지를 보냈다. 주기만 하거나 받기만 하는 것이 아니었다. 굿즈는 팬들 사이를 끊임없이 오가는 우정의 증표였다.

팬들이 이런 창작 활동에 힘쓸수록, 굿즈는 점점 늘어만 갔다. 거기에다 화보와 인터뷰가 실린 각종 잡지와 매년 새로 나오는 앨범까지 더하니 책장이 가득 찼다. 가수의 연차가 쌓일수록 소속사에서 공식 발매하는 굿즈도 다양해져서 모으는 재미가 쏠쏠했다. 쓰임이 정해져 있다 해도 굿즈에 지문을 묻히고 싶지 않았다. 그 사람의 얼굴이 들어간 귀한 물건을 실제로 사용하려니 아까웠다. 그래서 굿즈는 실제 사용용, 소장용, 자랑용 이렇게 세 개씩 구매해야 한다는 우스갯소리도 나오나 보다. 나는 오로지 소장에만 열을 올렸다. 그저 잘 보이도록 책장에 두고 전시할 뿐이었다. 흐뭇한 표정을 지으면서.

그즈음에 또다른 사실 하나를 알게 됐다. 사실 직접 받은 사인 앨범보다 더 좋은 것은 없었다. 앨범 한 장에 내가 가장 사랑하는 노래와 얼굴, 그 사람의 손길까지 들어 있기 때문이다. 운 좋게도 팬 사인회에 종종 출몰할 수 있었던 내가 마지막까지도 가장 아꼈던 것은 사인된 앨범이었다. 누구에게 살 수도 선물을 받을 수도 없는, 오직 그 사람만이 해줄 수 있는 사인된 앨범. 기분이나 상황에 따라 달라지는 코멘트를 해석하는 재미도 엄청났다. 사인된 앨범을 보면 2분도 안 되는 짧은 순간에 그 사람과 나누었던 대화가 생생히 떠올랐다. 세상에 단 하나뿐인, 오로지 나만을 위해 제작된 것이나 다름없는 최강의 굿즈는 시간을 봉인하는 힘까지 가지고 있었다.

*

　영화 〈성덕〉에는 내게 애물단지가 되어버린 굿즈의 장례식을 치르는 장면이 나온다. 그래서인지 장례식 이후 굿즈의 행방을 묻는 이들이 참 많다. 더는 필요하지 않게 된 물건들. 마주칠 때마다 깜짝깜짝 놀라게 되는 물건들. 그렇게 별 거 아닌 물건들에 너무 큰 의미를 부여해서인지, 탈덕 이후에도 처분하기가 참 어려웠다. 하나하나에 담긴 추억이나 사연이 없었다면 냉정하게 쓰레기통에 넣어버렸을까. 모르겠다. 눈에 보이는 장소에 두고 즐거움을 찾고 싶어서 버리지 못하는 것이 아니다. 우리에게 우정의 표식과도 같았던 작은 물건들, 거기에 스며 있는 지난날의 행복했던 나를 외면할 수가 없었다.

　여전히 굿즈들은 잔뜩 남았다. 캐리어에 다 때려 넣고 다락방에 올려만 둔다면 버린 거나 다름없지 않냐고 자신에게 물었다. 종이나 플라스틱뿐 아니라 알 수 없는 온갖 재질로 만들어진 각종 굿즈를 태워버리느니 얌전히 가지고만 있는 게 환경에도 더 이로울 테니까. 내 안의 또 다른 자아가 잘 생각했다고 답했다. 좋아하는 마음이 남아 있거나, 혹시나 하는 마음을 품고 있어서 그런 게 아니다. 굿즈에 담긴 기억과 시간들을 버릴 수 없었던 것이다. 이걸 왜 가지고 있나, 하는 생각이 들 때마다 마음속 깊은 곳에서 갖가지 이유들이 튀어나와 폐기를 막았다. 그렇게 반쯤 탈덕한 상태에도 꾸역꾸역 안고 있었던 덕에 굿즈가 영

화에 출연할 수 있었다. 미련 가득한 성격이 기특하게 여겨지는
최초의 순간이었다.

덕질을 하면서
어떤 영향을 받았나요?

　사람이 사람을 좋아하면 닮고 싶어지는 것은 당연하다. 그런데 나는 유독 심했다. 그동안 줏대 있고 고집스러운 척했지만, 살면서 정말 많은 것을 좋아했고 또 그만큼 따라 하곤 했다. 아홉 살 때, 막 데뷔한 밴드 그룹 FT아일랜드의 이홍기를 한 달 정도 좋아했다. 짱짱한 목소리도, 훈훈한 얼굴도 좋았지만 머리 모양이 유난히 마음에 들었다. 샤기 컷이라고 불리는 최신 유행 스타일이었다. 나름대로 열심히 길러온 머리를 층층이 자르고 나니 잘 묶이지 않아서 불편했지만, 좋아하는 사람과 비슷한 점이 생겼다는 사실이 기뻤다. 물론, 내가 일방적으로 따라 한 거지만. 이후에도 따라 하기는 계속되었다. 소녀시대의 〈Gee(지)〉는 사랑할 수밖에 없는 노래였다. 상큼발랄한 멜로디, 한 번 들으면 절대 잊히지 않는 훅, 청량하고 맑은 얼굴의 언니들. 지금까지도 포인트 안무와 가사 전체를 기억하고 있을 정도로 여러 번 보고 들었다. 당시에 거의 국민적인 인기 스타였던 소녀시대는 뮤직비디오와 음악 방송에서 선보인 무대 의상도 크게 유행시켰다. 대표적인 것이 컬러 스키니진이었다. 학교에서는 매일 아침, 친구들끼리 바지 색깔을 훔쳐보며 같은 옷을 입지 않으려고 눈치 싸움을 벌였다. 먼저 사는 사람이 임자였기 때문이다. 보라색, 레몬색, 빨간색, 연두색, 분홍색…… 많고 많은 색깔 중에서도 나는 민트색을 차지했다. 그게 그렇게 예뻐 보였다.

아주 잠깐 스치듯이 좋아했을 뿐인데도 과감하게 머리를 자르고, 화려한 바지를 사 입었다. 긴 시간 동안 깊은 마음을 주며 덕질을 하는 동안에는 더 과감하고 더 화려한 따라쟁이가 되었다. 마음이 다하고 나면 머리는 기르면 그만이고 바지는 버리면 그만이지만, 버려지지 않아서 아직도 남아 있는 것들이 있다. 굿즈나 앨범처럼 손에 잡히지 않더라도, 분명히 남아 있는 것들. 취향이나 가치관 정도로 뭉뚱그려서 이야기할 수 있는 것들이다. 가죽 점퍼를 입고 통기타를 메고 다니는 외적인 면부터 다소 거칠고 오래된 노래들로 가득한 플레이리스트와 사소한 말투나 행동 또는 좌우명에 이르기까지 가능한 한 많은 것을 고스란히 따라 했다. 그 사람을 좋아하지 않았더라도 언젠가는 그것들을 좋아하게 되었을지도 모른다. 하지만 과거를 경유하지 않고 현재를 상상할 수는 없기 때문에, 그건 정말 모르는 일이다. 내가 좋아하는 사람이 좋아하는 게 뭔지 궁금해서 집요하게 파고드는 바람에 알게 되고 꿈꾸게 된 것들이 많다. 누군가를 좋아한다는 것은 세계가 확장되는 경험이라는 말에 격하게 동의하면서, 그 사람에게 영향을 받은 것들 몇 가지를 소개한다.

1. 롹 밴드

절대 '락'이나 '록'이라고 써선 안 된다. '롹'이라고 써야 한다. 예능 프로그램에 출연하며 방송인으로 이름을 알렸고, 꽤 히트를 친 곡들은 죄다 발라드라서 그런지 그 사람이 롹커였다는 사실을 잘 모르는 이들이 많다. 하지만 팬들에게 그 사람은 롹에 진심인, 롹을 하기 위해 태어난 사람이었다. 오디션 프로그램에서부터 김광석의 〈먼지가 되어〉를 롹으로 편곡해 불렀고 티삼스의 〈매일매일 기다려〉를 생방송 경연의 첫 곡으로 선택했다. 탈락 위기에 놓였을 때도 "살면서 실수 한 번쯤 할 수 있죠" "저는 롹을 할 겁니다"라고 외치며 봄여름가을겨울의 〈아웃사이더〉를 선곡했다. 이후에 라디오 DJ로 활약할 때도 종종 롹 밴드의 명곡을 커버해 들려줬다. 라디오헤드의 〈High&Dry〉, 레드 핫 칠리 페퍼스의 〈Californication〉, 건즈 앤 로지스의 〈Welcome to the Jungle〉, 〈Knockin' On Heaven's Door〉 같은 노래를 그 때 처음 알게 됐다. 그 사람이 커트 코베인을 우상으로 삼고 있다고 해서 〈Polly〉, 〈Breed〉 등 너바나의 노래는 또 얼마나 많이 들었는지. 가사는 제대로 알지도 못하면서 열심히 흥얼거렸다.

한동안은 롹을 못 들었다. 그 사람이 생각나서. 어쩌다 다시 듣게 됐는지 모르겠다. 친구와 이야기하다가 노래 제목 하나가 튀어나왔는지, 아니면 우연히 귀에 익은 노래를 마주하게 됐는지. 아무튼, 예전 기억을 더듬어 락 밴드의 노래들로 채워진 플레이리스트를 만들었다. 예전엔 그냥 좋다고 하니까 좋은가 보다, 했다면 이제는 아니다. 이렇게나 솔직하고 강렬한 노래가 어디 있을까. 시원하게 내지르고 뜨겁게 불태우는 노래가 또 어디 있을까. 한국에서 락이 비주류 장르라는 것이 이해가 되지 않았다. 그러다 보니 예전 기억을 넘어서 나만의 추억이 잔뜩 생겼다. 비 오는 날엔 건즈 앤 로지스의 〈November Rain〉을 듣는다. 용기를 얻고 싶을 때는 본 조비의 〈It's My Life〉를 듣는다. 라디오헤드의 〈Creep〉을 들으면 괜히 마음이 뭉클해지고, 오아시스의 수많은 명곡들은 늘 위로가 되어준다. 영화 〈블랙 위도우〉의 인상적인 오프닝 시퀀스에서 〈Smells Like Teen Spirit〉이 나왔을 때, 드디어 락의 부흥기가 시작되는 줄 알고 혼자 들떴으나 아쉽게도 그건 아니었다. 뭐, 그래도 괜찮다. 계속 좋아할 수 있는 걸로 충분하니까. 덕질은 끝났지만, Rock will never die!

2. 기타

중학생 때 내가 연주할 줄 아는 악기는 리코더와 하모니카, 단소, 오카리나였다. 죄다 관악기라서 노래를 하면서 악기를 연주하기는 불가능하다. 피아노 학원을 잠시 다니기는 했지만, 빨리 집에 가고 싶은 마음에 연습 노트를 조작해서 얼렁뚱땅 넘어가서 그런지 기억에 남는 것이 하나도 없다. 기타를 치면서 노래하는 그 사람을 따라 하고 싶었다. 그 사람의 노래를 연주해보고 싶었다. 또, 기타를 장만하면 스스로 작곡도 해보고 싶었다. 기타로 하고 싶은 일이 너무 많았다. 이쯤 되면 가수의 꿈을 꿀 법도 한데, 거기까지 가지는 않아서 정말 다행이다.

국어 선생님께서 학교 밖에서 열리는 글짓기 대회를 여럿 알려주셨다. 글쓰기가 한창 재밌게 느껴지던 시기였다. 별 기대 없이 써서 낸 글이 장관상을 받았고, 100만 원이라는 상금까지 따라왔다. 내가 만져본 돈 중에 가장 큰 금액이었다. 매달 받는 용돈도 5만 원이 안 됐기 때문에, 그 수십 배에 달하는 돈으로 무얼 할지 엄청 고민을 했다. 결국 엄마에게 돈을 맡기는 대신에 기타를 사달라고 했다. 그 사람이 가지고 있던 전문가용 보라색 기타는 어느 정도 경지에 이르렀을 때 사기로 하고, 평범하게 생긴 입문용 통기타를 샀다. 내가 갖게 된 물건 중에 가장 비싸고 커다란 것이었다.

인터넷 검색을 해서 연주하고 싶은 노래의 악보를 찾았다. 계 이름이 아니라 코드가 쓰인 악보는 도무지 읽기가 힘들었다. 아무렇게나 치면 기타 특유의 부드러운 소리가 날 줄 알았다. 아니었다. 삐걱거리는 기타 줄을 붙잡고 손가락 사이가 찢어지는 고통을 겪으며 힘겹게 한 음 한 음을 연주했다. 사실 연주라고 하기도 뭐하고 그냥 '기타줄 튕기기' 정도로 불러야 할 것이다. 처음 몇 주 간은 기타에 대한 애정이 사그라들지 않아서 악보 노트도 만들고 매일 조금씩 연습을 했지만, 오래가지 않았다. 손가락이 짧은 사람은 기타를 치기 어렵다고 누군가 말해줬으면 좋았을 텐데. 여전히 기타를 칠 줄 모르지만, 언제나 가장 낭만적인 악기는 기타라고 생각한다.

3. 패션

연예인들은 출퇴근길에 기자나 팬들을 마주치는 일에 대비한다. 스타들의 사복 패션은 기록으로 남아 오랫동안 회자되기 마련이니까. 하지만 그 사람은 달랐다. 지금이라면 성의가 없다는 소리를 들을 게 뻔한 차림으로 방송국에, 공항에, 콘서트장에 나타났다. 특히 여름이 되면 그 사람의 자유분방함은 정점을 찍었다. 목 부분이 다 늘어나 쇄골이 훤히 보이는 후줄근한 티셔츠에 무성한 다리털이 드러나는 반바지, 아무렇게나 끌고 다니는 쪼리까지. 부끄럽지만 나는 그런 모습들을 사랑했다. 심지어 그런 게 진정한 멋이라고 생각했다. 그래서 때가 묻어도 티가 나지 않을 어두운 색의 반팔 티셔츠를 입고, 일부러 목덜미를 쥐어뜯어서 늘어나게 만들었다. 아 이건 정말 후회가 된다. 멀쩡한 티셔츠가 아깝기도 했지만, 그런 스타일은 나한테 전혀 어울리지 않기 때문이다.

그 사람이 즐겨 입던 가죽 재킷과 찢어진 청바지도 탐이 났다. 그런 옷은 계절을 의식하지 않고 입어야 '간지'였다. 나만 그렇게 생각하는 게 아니었다. 팬들이 모이는 자리에 가면, 산 지 얼마 되지 않아 광택이 나는 가죽 점퍼를 입고 추위에 떠는 이들이 꽤 많았다. 찢어진 청바지 틈으로 보이는 무릎은 빨갛게 얼어 있었다. 왜 이리 춥게 입었냐고 타박하는 사람은 아무도 없었다. 그 마음을 알고 있었으니까. 생각해보니, 지나가는 사람들은 가죽 재킷과 찢어진 청바지를 공동구매했다고 생각할 것 같아서 웃음이 난다. 찢어진 청바지는 더 이상 입지 않지만, 세월의 흔적이 느껴지는 가죽 재킷은 언제나 내 위시 리스트에 들어 있다.

4. 외국어

그 사람은 영어, 중국어, 일본어, 필리핀어를 능숙하게 구사한다고 했다. 방송에서도 가끔 외국어 실력을 선보였다. 해외에서 촬영 중에 문제가 생겼을 때 무리 없이 해결한다거나, 외국인과 유창하게 대화하는 경우가 종종 있었다. 코딱지를 먹어도 귀여워 보일 텐데, 능력치까지 엄청나니 좋아하지 않을 도리가 없다. 외국어를 하는 그 사람의 영상을 여러 번 돌려보는 대신에 공부를 시작했으면 지금쯤 나도 3개 국어쯤은 거뜬히 할 수 있지 않았을까.

아예 시도하지 않은 것은 아니었다. 부끄럽지 않은 팬이 되겠다는 다짐, 좋아하는 사람에게 걸맞은 수준의 사람이 되겠다는 굳은 의지로 중국어를 배우기로 마음먹었다. 다만, 방법이 잘못 되었다. 기타를 배우듯이 취미 삼아 했으면 되었을 것을, 외고 중국어과에 진학하기로 결심한 것이다. 인생의 중요한 결정을 연예인 때문에 했다는 소리를 듣고 싶지 않아서, 대학 진학률을 보고 결정했다고 거짓말을 했다(역시 덕질을 하다 보면 거짓말이 자연스럽게 는다). 고등학교를 졸업한 지 5년이 다 되어가는 지금까지도 이 사실을 솔직하게 말해본 적이 없다. 정말이지 지독한 덕질이었다.

　좋은 영향도 나쁜 영향도 사라지지 않고 어떤 형태로든 남게 됐다. 그게 고맙다고 말하고 싶어서 이 글을 쓰는 것은 아니다. 내가 '좋아한다'고 말하는 것들을 정말로 '내가' 좋아하고 있는지를 두고 고민했던 때가 있다. 그 사람이 좋아하는 걸 나도 좋아하는 척하다 보니 학습된 애정은 아닐까. 남이 좋아하는 것은 잘 알면서 내가 진짜 좋아하는 것은 하나도 모르는 것인가. 그렇다면 나를 이루는 것은 결국 다른 사람한테서 베낀 것들뿐인가. 완전히 틀린 생각은 아닌 듯하다. 많은 것을 좋아하고 따라 하며 살아왔다는 사실은 부정할 수 없다. 좋아하는 마음이 닮고 싶은 마음으로 치환되는 걸 어쩌겠는가.

*

　덕질을 하다 보면 타인의 세계에 접속하고 싶어진다. 접속해서 오랫동안 탐험할수록 그 세계에 존재하던 것들이 옮겨온다. 그러다 보면 닮고 싶고, 닮아간다. 아마 내가 인지하지 못한 채로 아주 많은 부분에 좋아하는 마음이 영향을 주었을 것이다. 그렇다 보니 무작정 동경하던 사람을 따라 하다가 가장 나다운 것을 찾아낸 것 같기도 하다. 유쾌하지 않게 끝맺은 덕질이었지만, 내게 미친 영향 하나하나를 지우고 싶지는 않다. 불가능한 일이다. 하지만, 시작점에는 그 사람이 있었을지라도 내 경험의 주인은 나라고 우기고 싶다. 그 사람 없이도 무너지지 않고 남아 있는 것은 나만의 세계다. 누군가를 또 좋아하게 되면 또다시 그 사람의 세계를 조금씩 떼어올 것이다. 어쩌면 그래서 계속 무언가를 좋아하며 살고 싶은 것이리라. 그렇게 만들어진 나의 세계는 계속해서 팽창할 테니까.

지금도
덕질하고 계신가요?

요즘처럼 덕질에서 별 재미를 못 찾는 시기가 있었나. 나를 누구의 팬으로 소개할 수 있을지 고민해봤으나 모두 과거가 되어 버린 이름들만 떠오른다. 코로나19로 인해 오프라인 행사가 2년이 넘도록 규제되고 있는 상황과 별개로, 콘서트나 팬 미팅 현장에 찾아가고 싶게 하는 이가 없다. 누군가를 좋아한다고 말하기 조심스러워지기도 했지만, 고백하고 싶은 마음을 애써 억누를 일 자체가 없다. 이렇게 된 지 좀 됐다. 영화 덕분에 여러 차례 '팬'을 주제로 글을 쓰거나 이야기를 나누게 되었는데 지금의 나는 덕후가 아니라니. 난 이제 누구도 좋아하지 않는 사람이 된 걸까. 더 이상 덕질은 내게 재미를 주지 못하는 걸까. 그런데 왜 이렇게 매일매일 바쁜지 모르겠다. 일하느라 바쁜 게 아니라, 볼 게 너무 많아서 바쁘다. 이상한 일이다. 덕질에는 약간 모자라는 관심 정도에 머물러 있는 듯한데, 덕질이 아니라고 하기에는 이미 너무 많은 시간과 애정을 쏟고 있다. 그럼 이건 뭐란 말인가?

*

2021년 12월 인디스페이스 특별 상영 때의 일이다. 오픈 채팅으로 질문을 받아 답하는 방식으로 GV를 하는 도중에 요즘에는 무엇을 좋아하냐는 메시지가 채팅 창에 올라왔다. 순간, 입덕한 지 사흘 정도 된 배우 아야노 고의 이름을 외쳤다. 말이 끝나자마자 관객 분들이 술렁였다. "감독님 취향 소나무"라며……. 아무튼 당시의 나는 일본 TBS 드라마 〈MIU404〉를 다 보고 한참 동안 여운에 잠겨 있었다. 그동안 재밌게 본 일본 드라마 〈중쇄를 찍자!〉, 〈도망치는 건 부끄럽지만 도움이 된다〉, 〈언내추럴〉을 집필한 작가 노기 아키코의 작품임을 알고 반가운 마음으로 보기 시작했다가 쉽게 빠져나오지 못한 것이다. 그중에서도, 가끔은 바보 같지만 야생의 감각을 가진 경시청 기동수사대 형사 '이부키 아이'를 좋아하게 됐다. 그의 본체가 바로 아야노 고. 그렇게 이부키를 향한 애정은 배우에게 옮겨 갔다. 각종 인터뷰와 일화를 찾아 읽을수록 배우라는 직업에 늘 성실하고 진중한 자세로 임하는 그에게 감탄하게 됐다. 매 작품마다 새로운 시도를 하고 전혀 다른 연기를 보여주는 게 존경스러울 정도다.

아야노 고는 20년 가까운 활동 기간 동안에 휴식기를 거의 갖지 않았다. 심지어 최근 들어서는 해마다 네다섯 편에 이르는 영화와 드라마에 출연했다. 작품 홍보를 위한 인터뷰나 방송 출연까지 더하면 그야말로 엄청난 떡밥이다. 그가 쉬지 않고 일한 만큼 나도 쉬지 않고 봐야 했다. 〈최고의 이혼〉, 〈사랑은 Deep 하게〉, 〈신문 기자〉, 〈코우노도리〉까지 멈추지 않고 봤지만 그가 출연한 작품의 10퍼센트도 안 된다. 어쩌다 이 아저씨를 좋아해서 아침에 눈 뜨고 밤에 잠들기까지 영화와 드라마만 보고 있게 된 걸까. 물론 좋은 점도 있다. 덕분에 일본어를 조금씩 알아듣기 시작해서 제대로 공부를 해봐야겠다는 결심을 하게 되었으니. 그러나 넘치는 떡밥들 속에서 허우적대다가 숨 쉬는 법을 까먹을 것 같아서 잠시 그와 멀어지기로 했다. 그러니 이건 덕질이라고 하긴 좀 그렇지 않을까? 쏟아지는 작품에 감사하지는 못할망정 버겁다며 몇 달 되지도 않아 휴덕을 선언했으니. 어쩌면 나는 배우 아야노 고가 아니라 드라마 속 '이부키 아이'가 좋았는지도 모른다(참고로 이 글은 2022년 3월에 쓰였다).

영화를 볼 때 느껴지는 약간의 부담감을 떨치는 방법을 찾지 못해서, 집에서는 드라마를 더욱 즐겨보기 시작한 지 1년이 넘었다. 최근 3개월 동안에는 드라마를 열다섯 편이나 보았고, 다섯 편은 현재 방영 중이라 매주 챙겨 보고 있다. 다양한 작품을 보면서 심신의 안정을 찾고 전투력을 다지고 더 잘 살고 싶다 생각하고 멋진 배우들을 발견하는데 이건 분명 좋은 일이다. 여기서 문제는, 무조건 시작한 자리에서 끝장을 봐야 하는 내 성격이다. 국내 방송사 미니시리즈가 12부작에서 16부작이고, 최근

OTT에서 제작하는 오리지널 시리즈는 6부작에서 10부작가량
된다. 만약 모든 회차가 공개된 상태라면, 나는 앉은 자리에서
다 보거나 길어도 사흘 안에는 끝내야 직성이 풀린다. 다음 내용
이 궁금해서 어쩔 수 없이 다음 회차를 재생하기도 하지만, 재
미없다고 중얼거리면서 무의식적으로 다음 편을 보는 경우도 있
다. 아무리 재미없는 드라마라도 단기간에 결말을 봐야 한다는
승부욕 같은 게 생기는 거다. 쓸데없는 집요함 때문에 잠도 잃고
건강도 잃었다. 정신없이 드라마를 보다가 시간이 쏜살같이 흘
러가서 매일 발등에 불이 떨어지는 것도 괴로운 일이다.

그래서 나름의 규칙을 만들었다. 집에서 밥을 먹을 때만 보
는 드라마라는 뜻으로 '밥드'를 정해두고 하루에 한 회차씩만 보
기로 한 것이다. 나 자신과의 약속이었다면 금방이라도 깨버렸
겠지만, 언니와의 의리가 걸린 문제라 그럴 수 없었다. 한 사람
이 다음 회차를 먼저 보는 순간, 그 드라마를 함께 즐길 수가 없
으니 아무리 보고 싶어도 참아야 했다. 그렇게 지금까지 수많은
드라마가 우리의 밥상을 거쳐 갔다. 〈별에서 온 그대〉, 〈괴물〉,
〈미치지 않고서야〉, 〈그레이 아나토미〉, 〈7인의 비서〉, 〈내 남자
의 여자〉, 〈소년 심판〉 등 다 나열하기엔 어려울 만큼 다양했다.
그중에는 JTBC 드라마 〈구경이〉도 있었다. 이영애, 김혜준, 김
해숙, 곽선영. 좋아하는 배우들이 모두 비중 있는 역할로 등장
하는 것도 모자라 충격적일 만큼 멋있었다. 술과 게임에 전 탐정

이영애를 어디서 또 볼 수 있을까? 해사한 웃음으로 무장한 살인마 김혜준은 또 어떻고! 〈구경이〉의 아쉬운 점이라곤 딱 하나였다. 겨우 12부작이라는 것.

그래서 찾았다. 이영애 언니를 오래오래 볼 수 있는 54부작 드라마, 〈대장금〉이다. 어째서 이야기가 이렇게 전개되나 싶겠지만, 놀랍게도 사실이다. 어릴 적에 드라마의 주제곡 〈오나라〉를 따라 부른 기억은 있는데 내용은 거의 기억나지 않아서 다시 보기로 했다. 그러지 말았어야 했다. 나는 스스로 무덤을 판 셈이었다. 〈대장금〉은 등장인물들 앞에 놓인 문제가 매일 예상 불가능한 형태로 바뀌어서 궁금증을 멈출 수가 없는 드라마였다. 어제까진 예쁨 받던 장금이가 오늘은 궁에서 쫓겨나고, 조금 전까지만 해도 신나게 음식을 만들던 장금이가 갑자기 미각을 잃어버린다. 한 회차가 끝나는 지점도 대단히 절묘해서 화면이 멈춘 후 늘 정겹게만 느껴지던 주제곡인 〈오나라〉가 울려 퍼지는 순간 얄밉다는 생각까지 든다.

어째 조용히 넘어가는 법이 없는 서장금의 나날은 보고 있던 화면을 절대로 끌 수 없게 만들었다. 하지만 54부작 드라마를 앉은 자리에서 끝까지 보는 것은 내게도 불가능한 일이다. 밥 먹는 시간에만 천천히 보겠다고 언니와 약속하지 않았더라면 '54시간 동안 쉬지 않고 드라마 보기 챌린지' 같은 무모한 도전을 했을지도 모르겠다. 〈대장금〉이 우리의 '밥드'가 되었기 때문에, 좋아하는 것을 아끼는 마음을 조금은 알게 되었다. 언니 몰래 먼저 보고 시치미 뚝 떼고 다시 볼까 생각도 하지만, 〈대장금〉이 주는 긴장감과 재미를 가능하면 오래도록 누리고 싶다. 어쩌면 쉽게 넘어설 수 없는 시간의 장벽을 가진 〈대장금〉 덕분에 다가올 행복을 소분하는 법을 배운 것 같다. 마지막 회까지 다 보면 꼭 한국민속촌에 놀러 가야지.

*

아무래도 지금의 나는 드라마 덕후인 것 같다. 쓰면서 생각해보니 거의 중독 수준이다. 그런데 왜 내가 드덕이라는 사실을 자각하지 못했을까. 자기 자신을 '팬'이라고 칭하는 데에 대단한 이력이 필요치 않다는 사실을 알면서도 왜 이렇게 조심스러워지는지 모르겠다. 이전의 덕질과 비교했을 때 그 정도가 미약하다면, 그건 덕질이 아닌 사소한 관심인 거라고 선을 긋게 된다. 하지만 좋아하는 마음엔 크고 작음이 없다. 요즘 내게 가장 즐거운 시간을 선물하는 건 드라마다. 가장 많은 시간을 들여 하는 일도 드라마를 보는 것이다. 사실 누구보다 재밌는 시간을 보내고 있었으면서 덕질에서 재미를 못 느낀다고 생각한 나 자신이 우습다. 그러니까 나는 드라마를 덕질하는 중이다. 스스로를 드라마 팬이라고 인정하니 더 하고 싶은 말이 많아진다. 걸 그룹과 배우

들, 웹툰, 영화, 문구류, 특정 브랜드 등을 향한 관심, 아니 덕심
에 대해서도 할 얘기가 무궁무진하게 남았는데. 아쉽지만 다음
기회에…….

'성덕'들에게
하고 싶은 말

겨우 영화 한 편 가지고 '팬'이라는 거대한 집단의 대표성을 갖게 된다면 좀 이상한 일이라고 생각했다. 애초에 누군가를 덕질한다는 공통점만을 가지고 너무나 성격이 다른 여러 분야의 팬들을 하나의 집단으로 묶어 칭하는 것 자체가 불가능하니까. 그래서 영화를 만드는 동안 여러 번 다짐했다. 감히 누군가를 대변하지 말자고. 나는 그냥 나라고. 덕질이 망해버린 모든 사람을 대표할 수도, 대신할 수도 없는 나. 그런데 영화를 공개한 이후부터, 아니 결정적으로는, 나에게 던져지는 질문들에 답하기 시작했을 때부터 그런 다짐은 조금씩 흐트러지기 시작했다.

– 아직도 남아 있는 팬들에게 하고 싶은 말이 있나요?
– '그분'에게 하고 싶은 말이 있나요?
– 감독님도 팬이 생기셨는데 하고 싶은 말이 있나요?

안 그래도 말하기를 좋아하는 사람에게 하고 싶은 말이 있냐고 자꾸만 물어봐주시는 바람에 나는 좀 우쭐해졌다. 내가 뭐라도 된 것 같은 기분 좋은 착각에 취해 연예인병에 걸리고 말았다. 그때부터 내가 하는 말이 더 이상 사적인 한담이 아니라는 생각에 말을 고르고 골랐다. 그러다 보니 쓸데없는 부담감까지 느끼게 됐다. 내가 하는 말이 곧 팬들이 하는 말이 될 수도 있다는 거만한 생각까지 들었다. 팬이라는 복합적인 집단은 누구도 대표할 수 없다고, 그건 좀 이상하다고 생각했으면서! 감히 내가 팬들의 대변인인 양 행동하다니. 부끄러운 일이다. 5000만 팬 여러분께 사과하고 싶다.

*

감독은 영화로 말하는 사람이라고 생각하지만, 아직은 입으로 말하는 게 더 편하다. 그래서 지금껏 여기저기에서 질문을 받을 때 무게를 잡는 대신 사족을 붙여가며 신나게 대답했는지도 모르겠다. 하지만 이젠 무너진 다짐도 다시 쌓아 올리고 지독한 연예인병도 고쳐야 한다. 말을 줄여야 한다는 뜻이겠지. 그전에 딱 한 가지, 누구도 묻지 않았지만 꼭 답하고 싶은 것이 있다. 덕후들의 수다는 영원히 끝나지 않겠지만, 〈성덕일기〉는 끝이 나야 하므로. '상처받은 팬들에게 하고 싶은 말'이 있냐는 마음속 질문에 마지막으로 답하려고 한다. 이건 덕후들에게, 피 튀기는 예매 전쟁을 함께한 전우이자 자리 선점의 경쟁자이자 서로를 살뜰히 챙기는 가족이었던 사랑 많은 사람들에게 하는 말이기도 하다.

어떤 덕질을 하고 있느냐와 상관없이 덕후라면 통하는 것이 있다. 덕후들은, 그러니까 우리는 '머글'이라 불리는 누군가가 평생 모르고 살 수도 있는 경험을 공유하고 있다. 생판 모르는 남이 나 자신보다 더 소중해지고 좋아하는 마음이 커져서 기쁨과 허무, 실망과 사랑 사이를 오가는 롤러코스터를 타고 짜릿한 놀이기구의 옆자리에 동승한 사람들과 팬이라는 이름으로 연결되어 우정을 쌓는 일들은 살면서 자주 겪을 수가 없다. 그렇기에 특별하다. 이 특별한 시간 동안 즐겁고 아름다운 일만 함께하면 좋을 텐데, 그럴 순 없다. 차분하게 출발선으로 돌아옴으로써 덕질의 여정이 끝나는 경우는 매우 드물기 때문이다. 너무 행복한 나머지 이제 여한이 없다고 말해버린 탓일까. 이놈의 롤러코스터는 내 맘대로 내릴 수도 없게 하더니, 최소한의 안전도 보장해주지 않고 추락해버렸다. 그러니 '너무 많은 엔딩이 사회면'이었다는 말에 고개를 끄덕일 수밖에 없다. 이마저도 덕후들끼리만 통하는, 누군가는 평생 동안 모르고 살 수도 있는 경험일 것이다. 이런 건 통하지 않았으면 좋았을 텐데. 쉽지 않은 일이다.

우리 영화 〈성덕〉이 사람들에게 사랑받아서 좋다. 근데 한

편으론 안 좋다. 세상의 수많은 덕후들이 이 영화에 공감할 수 없었으면 좋겠다. 그래서 이 영화가 필요하지 않은 세상이 왔으면 좋겠다. 보편성이 아닌 특수성을 가진 영화면 좋겠다. "나도 저랬는데"가 아니라 "쟤는 저랬구나", 이렇게 되면 좋겠다. 이제 막 첫발을 내디딘 창작자의 배부른 소리가 아니다. 관객 분들이 주시는 넘치도록 충만한 애정과 관심을 부정하려는 게 아니다.

*

그냥 우리 모두가, 열렬히 지지했던 누군가에게 실망하고 돌아서는 일이 없으면 좋겠다. 아낌없는 응원과 사랑을 커다란 상처로 돌려받지 않으면 좋겠다. 쏟아 부은 돈과 시간만큼 행복을 가져갈 수 있으면 좋겠다. 언제나 무조건 나를 웃게 만드는 존재와 오래오래 함께할 수 있으면 좋겠다. 이런 바람을 구구절절 읊을 필요도 없으면 좋겠다. 정말 그러면 좋겠다. 애초에 이런 영화를 찍을 일이 없었다면 더 좋았을지도 모르겠다.(아, 이건 아니다.) 우리 모두의 덕질이 안전하고 평화로울 수 있다면, 영화가 망해도 괜찮다.(아, 이것도 좀 아닌 것 같다. 그래도 개봉은 해야 하는데⋯⋯.)

바람은 그냥 바람일 뿐이라는 사실이 참 서글프다. 하지만 어쩌겠는가. 덕질이 망해도 나는 계속 살아야 한다. 오히려 더 잘 살아야 한다. 그러니까 강제 탈덕의 아픔에 적당히 머물러 있다가 무사히 빠져나오길 바란다. 이따금씩 생각나고 슬퍼져도 금방 괜찮아지길 바란다. 운이 좀 나빴을 뿐이니 사람 보는 눈이 없다고 자책하지 않기를 바란다. 타인에게 줄 수 있는 마음이 너무 많이 소진돼버렸다 해도, 금방 충전하기를 바란다. 순수한 믿음보다 불안과 의심이 더 커졌다고 해도 한 번쯤 더 시작해볼 여력이 남아 있기를 바란다.

마음껏 사랑하는 게 참 어렵다. 그런데 그만두기는 더 어렵다. 그러니까 그냥 하자. 이 글을 읽는 당신은 어차피 무언가를 좋아하지 않고는 살아갈 수 없는 사람일 테니까. 내가 가진 소중한 마음 자체를 잃어버리기는 너무 아까우니까. 마음의 상처가 곪고 아무는 과정을 거쳐서 더 튼튼한 사람이 되기를. 언젠가는 운 좋게 오랜 시간 함께할 영혼의 단짝을 만날 수 있기를. 누군가를 좋아하는 나 자신을 더 많이 좋아해줄 수 있기를 바란다. 그래서 자기 나름의 의미를 추구하며 '성공한 덕후'로 살아가기를 바란다. 하고 싶은 말을 하겠다고 해놓고선 바라는 것만 주야장천 늘어놓은 듯하지만, 이것이 서로를 생각하는 거의 모든 덕후들의 마음일 거라고 조심스레 생각해본다.

성덕일기

초판 1쇄 인쇄 2022년 10월 24일
초판 1쇄 발행 2022년 11월 2일

지은이 오세연
펴낸이 고미영

기획 및 책임편집 고미영   펴낸곳 (주)이봄
편집 정선재 박기효   출판등록 2014년 7월 6일 제406-2014-000064호
디자인 위앤드(정승현)   주소 10881 경기도 파주시 회동길 455-3
일러스트 이베리   전자우편 yibom@yibombook.com
마케팅 나해진   팩스 031-955-8855
홍보 씨네픽(어주영 최지은 강윤주 이서원)   문의전화 031-955-9981(편집)
홍보협력 함유지 함근아 김희숙   031-955-8888(주문)
       박민재 박진희 정승민
제작 강신은 김동욱 임현식
제작처 영신사

ISBN 979-11-90582-68-1 03680